Die drei ???® *Kids*

Feuer in Rocky Beach

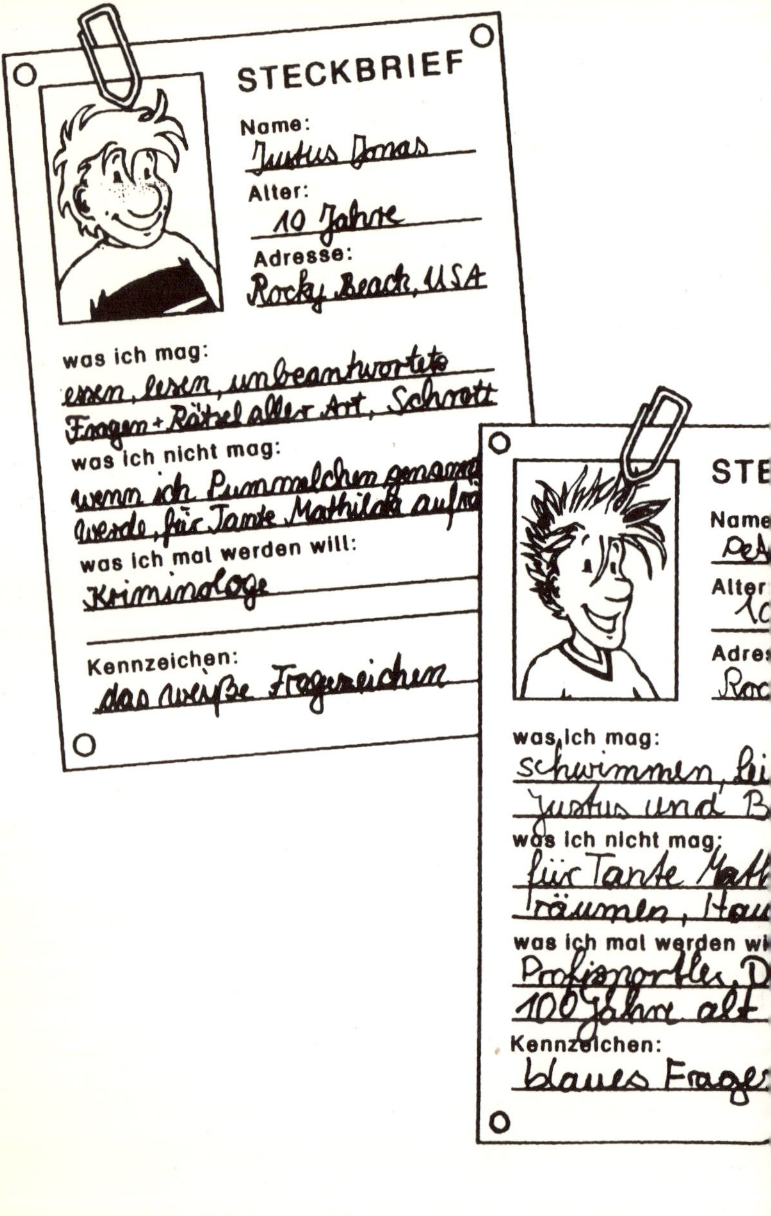
STECKBRIEF
Name:
Justus Jonas
Alter:
10 Jahre
Adresse:
Rocky Beach, USA
was ich mag:
essen, lesen, unbeantwortete
Fragen + Rätsel aller Art, Schrott
was ich nicht mag:
wenn ich Pummelchen genann
werde, für Tante Mathilda aufrä
was ich mal werden will:
Kriminologe
Kennzeichen:
das weiße Fragezeichen
STE
Name
Alter
Adres
Roc
was ich mag:
schwimmen,
Justus und B
was ich nicht mag:
für Tante
räumen,
was ich mal werden
100 Jahre alt
Kennzeichen:
blaues Frage

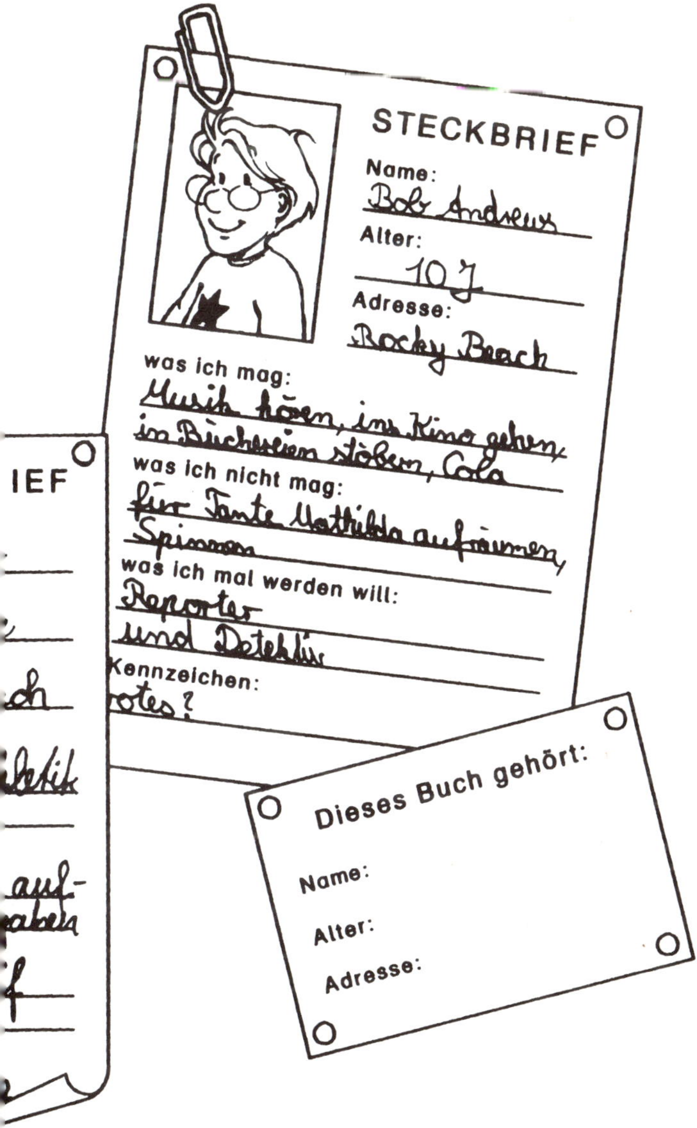
STECKBRIEF
Name:
Bob Andrews
Alter:
10 J.
Adresse:
Rocky Beach
was ich mag:
Musik hören, ins Kino gehen, in Büchereien stöbern, Cola
was ich nicht mag:
für Tante Mathilda aufräumen, Spinnen
was ich mal werden will:
Reporter und Detektiv
Kennzeichen:
Dieses Buch gehört:
Name:
Alter:
Adresse:

Ulf Blanck, 1962 in Hamburg geboren, hat neben seinem Architekturstudium jahrelang in einer Theatergruppe gespielt und dabei sein Interesse für Bühnenstücke und das Hörspiel entdeckt. Heute arbeitet er als Moderator, Sprecher und Comedy-Autor bei verschiedenen Hörfunksendern. ›Feuer in Rocky Beach‹ ist ein neues spannendes Abenteuer mit dem berühmten Detektivtrio Justus, Peter und Bob – für jüngere Leser ab 8 Jahren!

Die drei ???® *Kids*

Feuer in Rocky Beach

Erzählt von Ulf Blanck

Mit Illustrationen von Stefanie Wegner

und Jens R. Nielsen

Deutscher Taschenbuch Verlag

Weitere ›Die drei ???® *Kids*‹-Bände bei dtv junior:
siehe unter www.dtvjunior.de

Das gesamte lieferbare Programm von
dtv junior und viele andere Informationen
finden sich unter www.dtvjunior.de

Ungekürzte Ausgabe 2010
Deutscher Taschenbuch Verlag GmbH & Co. KG, München

Based on characters by Robert Arthur
Umschlagkonzept: Balk & Brumshagen
Umschlagbild: Stefanie Wegner
Satz: Fotosatz Reinhard Amann, Aichstetten
Gesetzt aus der Advert 11/18'
Druck und Bindung: Druckerei C. H. Beck, Nördlingen
Gedruckt auf säurefreiem, chlorfrei gebleichtem Papier
Printed in Germany · ISBN 978-3-423-71419-8

Feuer in Rocky Beach

Funkenflug

Über Rocky Beach funkelten die hellen Sterne am wolkenlosen Nachthimmel. Alles war still und ein leichter Wind bewegte die Zweige der blühenden Oleanderbüsche leicht hin und her. Nur ganz leise vernahm man aus der Ferne das Rauschen des Pazifiks.

Justus Jonas schlief tief und fest in seinem Bett und hatte die Decke von sich gestrampelt. Noch immer war es sehr heiß in der kalifornischen Kleinstadt. Justus träumte, dass er es sich mit seinen beiden Freunden am Strand vor einem Lagerfeuer gemütlich gemacht hatte. An langen Stöcken hielten sie Grillwürstchen über die Glut. Die Flammen loderten empor und ließen Funken sprühen. Feine Rauchschwaden wehten ihnen entgegen und Justus musste husten. Doch der Qualm wurde stärker, biss ihn in den Augen und nahm ihm die Luft zum Atmen.

Plötzlich griff das Feuer auf den Sand über.

Sekundenschnell breitete es sich aus und schon bald stand der gesamte Strand in Flammen.

Entsetzt schmissen die drei ihre Grillstöcke von sich, sprangen auf und rannten panisch davon. Aber die Feuersbrunst folgte ihnen bis ins Wasser. Der Ozean kochte und alles war eingehüllt in dichten Rauch. Laut schreiend stürzten sie sich in die Fluten.

In diesem Moment prallte Justus mit dem Kopf auf den Holzfußboden. Endlich war er aufgewacht – neben seinem Bett.

»Oh, Mann! Was für ein Traum!«, stöhnte er. Durch das offene Fenster schien der Mond direkt ins Zimmer. Justus holte tief Luft und wischte sich mit seinem Kopfkissen den Schweiß aus dem Gesicht.

Doch es war seltsam. Noch immer roch es beißend nach Rauch. Irritiert stand Justus auf und beugte sich über die Fensterbank. Eine kleine schwarze Katze nahm erschrocken Reißaus, sprang von einem alten Ölfass und versteckte sich auf dem Gelände des Schrottplatzes. Genau unter dem Fenster von Justus lag der Schuppen, in dem Onkel Titus seinen Lieblingsschrott aufbewahrte.

Jetzt erst entdeckte er die Ursache des Qualms: Vom Dach der kleinen Holzhütte stieg eine Rauchwolke auf.

Justus wich entsetzt zurück, stolperte über seine Hausschuhe und rannte aus dem Zimmer.

»Feuer! Alles aufstehen! Feueralarm, es brennt!«

Panisch hastete er die steile Treppe nach unten ins Erdgeschoss. Sekunden später sprang die Schlafzimmertür auf. Mit wirren Haaren stand Tante Mathilda vor ihm. »Es brennt?«

»Ja, draußen. Schnell! Wo ist Onkel Titus?« Der stand mittlerweile hinter seiner Frau. »Feuer? Wo?«

»Aus deinem Schuppen kommt Rauch. Wir müssen uns beeilen!«

Jetzt waren alle hellwach und liefen auf die Veranda. Onkel Titus schlug sich die Hände vors Gesicht. »Oh nein! Mein Schuppen! Mathilda, ruf die Feuerwehr! Schnell – wir brauchen Wasser!« Ohne nachzudenken schnappte sich Justus eine halb volle Gießkanne und sprang die Stufen der Veranda herunter. Sein Onkel versuchte währenddessen, den Gartenschlauch abzuwickeln. »So ein Mist!«, fluchte er. »Wer zum Teufel hat den verknotet?«

Justus hatte mit seinen Löschversuchen genauso wenig Glück. Fassungslos stand er vor dem brennenden Schuppen. Flammen schlugen aus dem Dach und mit der Gießkanne konnte er nichts ausrichten. Plötzlich explodierte etwas im Innern und riss die

Fensterscheibe auseinander. Glas klirrte und eine fauchende Feuerzunge schoss Justus entgegen. Im letzten Moment packte ihn sein Onkel und riss ihn zu Boden. »Weg hier! Das ist zu gefährlich!«, brüllte er und beide brachten sich hinter einem rostigen Kühlschrank in Sicherheit.

Justus war verzweifelt. »Onkel Titus, wir können doch nicht einfach den Schuppen abbrennen lassen!«

»Die Hütte ist mir egal. Hauptsache, uns passiert nichts. Mathilda, komm aus dem Haus raus! Das

Feuer greift bald auf das Wohngebäude über. Was ist mit der Feuerwehr?«

Völlig aufgelöst rannte seine Frau die Stufen der Veranda herunter. »Die muss gleich kommen. Wo ist Justus?«

»Keine Angst, er ist bei mir. Wir sind hier.«

Mittlerweile war die Luft voller Rauch und Qualm. Glutrot hob sich der Schein der Flammen gegen den Nachthimmel ab.

In diesem Moment vernahmen sie erleichtert die Sirenen der nahenden Feuerwehr. Onkel Titus blickte auf die Uhr. »Dem Himmel sei Dank! Das waren gerade mal vier Minuten.«

Feueralarm

Jetzt ging alles sehr schnell. Mehrere Einsatzfahrzeuge der Feuerwehr rasten auf das Grundstück. Ein Feuerwehrmann mit einem goldenen Helm rannte auf die drei zu. »Jemand verletzt? Befinden sich noch Personen im Haus?« Onkel Titus brachte vor Aufregung kein Wort mehr heraus und schüttelte nur den Kopf.

»Gut. Halten Sie Abstand zum Feuer! Wir kümmern uns ab jetzt um alles.« Dann nahm er ein Megafon in die Hand und gab seinen Kollegen Anweisungen. »Zug eins mit Atemgerät an den Brandherd. Zur Sicherheit C-Schlauch bereithalten und Hydranten besetzen. Die zweite Mannschaft kümmert sich um die Strahler.« Innerhalb kürzester Zeit war das gesamte Gelände in gleißendes Licht getaucht. Helle Scheinwerfer standen rings um das Gebäude.

»Wird unser Haus auch abbrennen?«, flüsterte Tante Mathilda mit tränenerstickter Stimme. Ihr

T. JONAS
911

Mann nahm sie in den Arm. »Keine Angst, die wissen, was zu tun ist.«

Justus beobachtete, wie einige Männer einen dicken Schlauch ausrollten und ihn am Hydranten auf der Straße anschlossen. »Das muss der C-Schlauch sein«, vermutete er. Sein Onkel nickte. »Ja, der wird nur im Notfall eingesetzt. Da kommt so viel Wasser raus, der pustet uns glatt den ganzen Schuppen weg. Meistens sind danach die Schäden durch das Wasser größer als die durch den eigentlichen Brand.«

»Woher weißt du das alles?«, fragte Justus.

»Ich war früher einige Jahre bei der freiwilligen Jugendfeuerwehr von Rocky Beach.«

Plötzlich standen zwei Männer in feuerfesten silberfarbenen Anzügen hinter ihnen. Auf dem Rücken trugen sie Geräte, die aussahen wie Taucherflaschen. »Lagern in dem Schuppen explosive Stoffe?«, fragte der eine. Seine Stimme war durch den Helm fast nicht zu verstehen.

»Nein, nein. Da ist nichts Explosives«, stotterte Onkel Titus. »Nur lauter wertvolle Sammlerstücke.«

»Gut. Wir gehen jetzt rein und versuchen, den

Brand mit Löschschaum unter Kontrolle zu bringen. Bleiben Sie in Deckung!«

Anschließend liefen die beiden Männer auf den Schuppen zu und schlugen mit einer Axt die brennende Tür ein. Eine Feuerwalze umhüllte sie. Doch davon ließen sie sich nicht aufhalten. Unnachgiebig sprühten sie Schaum in den Brandherd.

Das Feuer schien sich zu wehren und ein meterhoher Funkenregen schoss aus dem Dach. Es zischte laut und qualmte fürchterlich, doch schließlich zogen sich die Flammen zurück.

Justus ballte die Faust. »Ja, weiter so!« In dieser Nacht wurde das Feuer sein Feind.

Vom Schuppen sah man jetzt nicht mehr viel. Weißer Dampf hüllte alles vollständig ein. Aber der Brand war gelöscht und die beiden Feuerwehrmänner kamen rußgeschwärzt zurück. »Da haben Sie noch mal Glück gehabt«, keuchte der eine und nahm seinen Helm ab. »Ein paar Minuten mehr und das Feuer hätte sich bis zum Haus durchgefressen.« Tante Mathilda atmete erleichtert auf. »Ich weiß gar nicht, wie ich Ihnen danken soll, meine Herren.«

Nun kam der Feuerwehrmann mit dem goldenen Helm zu ihnen. »So, das war's schon fast. Den Brand haben wir unter Kontrolle bekommen. Wir müssen uns nur noch um einige Glutnester kümmern. Mein Name ist übrigens Gordon Flanders. Ich bin der Einsatzleiter. Bitte kommen Sie gleich morgen früh in die Feuerwehrzentrale, damit wir Ihre Aussage aufnehmen können.«

Onkel Titus wischte sich die Brille an seinem Schlafanzug ab. »Was für eine Aussage?«

»Bei jedem derartigen Vorfall muss die Brandursache ermittelt werden. So will es das Gesetz«, erklärte Gordon Flanders. »Gab es brüchige Stromkabel oder haben Sie eine Kerze brennen lassen? Solche Fragen müssen wir Ihnen stellen.«

»Moment, das klingt ja so, als ob ich schuld an dem Brand wäre«, empörte sich Onkel Titus. Seine Frau versuchte, ihn zu beruhigen. »Nun reg dich nicht auf! Das sind doch alles nur Routinefragen.«

»Jaja, ist schon gut, Mathilda.« Der Einsatzleiter gab ihm zum Abschied die Hand. »Genauso ist es, Mister Jonas. Alles Routine. Sie können jetzt unbesorgt ins Haus zurückkehren, es sind keine giftigen Dämpfe eingedrungen. Einer meiner Beamten wird noch ein paar Stunden Brandwache halten. Sicher ist sicher. Schon oft hat sich ein scheinbar gelöschtes Feuer unbemerkt wieder selbst entfacht. Gute Nacht und bis morgen.«

Tante Mathilda setzte in der Küche eine Kanne Tee auf. »Was für ein Schreck. Gut, dass Justus so eine feine Nase hat. Ich mag mir gar nicht ausdenken, was alles hätte passieren können.«

Noch lange stand Justus mit einer Tasse Tee am Küchenfenster und blickte über den Schrottplatz. Nachdenklich knetete er seine Unterlippe. »Ein Feuer bricht nicht plötzlich von alleine aus«, murmelte er vor sich hin.

Kalter Rauch

Am nächsten Morgen wurde Justus von Tante Mathilda geweckt. Den Rest der Nacht hatte er sich unruhig im Bett hin und her gewälzt und öffnete nun müde seine Augen. »Beeil dich, Justus, wir müssen zur Feuerwache. Je schneller wir das hinter uns bringen, desto besser.« In seinem Zimmer roch es immer noch ein wenig nach Rauch.

Auf der Veranda saß Onkel Titus und las die Morgenzeitung. »Nun seht euch das an! Der Brand ist gerade mal ein paar Stunden her und schon steht es in der Zeitung. Hier: ›Schon wieder Feuer in Rocky Beach. Einsatzkräfte waren sofort zur Stelle. Nur geringer Sachschaden.‹«

Justus biss in ein Brötchen. »Ich habe gar nicht bemerkt, dass gestern ein Reporter dabei war.« Sein Onkel warf wütend die Zeitung auf den Tisch. »Das mit dem Reporter ist mir egal. Aber wie kommen die dazu zu schreiben, dass es sich nur um einen geringen Sachschaden handelt? Da waren Stücke von

unschätzbarem Wert in meinem Schuppen. Allein der Rasierapparat von Alfred Hitchcock oder der original Klodeckel vom ersten bemannten Raumflug. Und die kanadische Kuckucksuhr, die jeden Tag bei Sonnenuntergang einmal laut Kuckuck sagt. Geringer Sachschaden – ha! Einen Dachschaden haben die von der Zeitung.« In diesem Moment kamen Peter Shaw und Bob Andrews auf das Grundstück gefahren. Justus hatte ganz vergessen, dass er sich mit seinen beiden Freunden zum Baden verabredet hatte.

»Just, was geht bei euch ab?«, rief ihm Bob entgegen. »Wir haben das heute Morgen in der Zeitung gelesen. Ich dachte schon, euer Haus wäre abgebrannt. Da habt ihr aber noch mal Glück gehabt.«

Onkel Titus stand auf und ging zur Küche. »Jaja, Glück gehabt ... Nur geringer Sachschaden«, murmelte er.

Dann musste Justus die ganze Geschichte erzählen. Sprachlos hörten ihm seine Freunde zu.

»Wie ist das Feuer denn überhaupt entstanden?«, fragte Peter nach dem Bericht.

»Ich hab keine Ahnung. Wir sollen gleich alle zur Feuerwache kommen und eine Aussage machen. Aus dem Baden wird also erst mal nichts.«

Doch Bob fand diese Sache sowieso viel spannender. »Ach was, baden gehen können wir jeden Tag. Der Pazifik wird ja wohl nicht über Nacht verschwinden. Sag mal, können wir nicht mitkommen? Ich war noch nie auf einer Feuerwache.«

Die letzten Sätze hatte Onkel Titus vom offenen Küchenfenster aus mitangehört. »Von mir aus, kein Problem. Ihr könnt ruhig mit. Vielleicht wisst ihr es nicht, aber ich war früher bei der Jugendfeuerwehr und kenne mich dort gut aus. Ich kann euch sogar zeigen, in welchem Schrank meine Ausrüstung hing. Damals ereignete sich eine Geschichte, über die noch lange …« Tante Mathilda unterbrach ihn. »Titus, das kannst du uns alles auf der Fahrt erzählen. Los, Beeilung. Mister Flanders wartet auf uns.«

Die drei ??? nahmen auf der Rückbank Platz, Onkel Titus setzte sich ans Steuer und startete den Motor. »Los geht's. Die Wache liegt ja nur ein paar Kilometer entfernt. Also, ich war gerade mal zehn Jahre alt. Da hatten wir plötzlich einen Einsatz. Die Sirenen gingen los und ich sprang in meine feuerfesten Schuhe. Es war in diesem Jahr ein furchtbar heißer Sommer. Ich glaube, es war sogar der heißeste Sommer, den ich je erlebt habe …«

Onkel Titus wurde jedoch wieder nicht mit seiner Geschichte fertig, denn schon nach wenigen Minuten hatten sie die Feuerwache erreicht.

Es war ein altes Gebäude mit zwei großen Garagentoren. Vor einem stand ein Löschfahrzeug, das gerade von einigen Männern gereinigt wurde.

Wenig später traten sie in das Büro von Gordon Flanders. »Ah, guten Morgen. Schön, dass Sie da sind. Gehören die Kinder alle zu Ihrer Familie?«

Tante Mathilda blickte auf Peter und Bob. »Nun ja. Eigentlich schon. Es vergeht kein Tag, an dem ich die beiden nicht sehe.«

»Gut. Ich habe auch nur ein paar Fragen. Mister Jonas, waren Sie am Tag vor dem Brand in dem Schuppen?«

»Natürlich, da bin ich jeden Tag. Wissen Sie, dort lagern, besser gesagt, lagerten meine wertvollsten Stücke. Zum Beispiel ...«

»Jaja, schon gut. Das klären Sie bitte mit Ihrer Versicherung. Was haben Sie an diesem Tag dort gemacht?«

»Ich habe eine alte Petroleumlampe repariert und wieder instand gesetzt. Wissen Sie, diese Lampe gehörte wahrscheinlich zur Ausstattung der Santa Maria. Kolumbus höchstpersönlich soll sie ...«

Wieder unterbrach ihn der Einsatzleiter. »Verstehe. Eine Petroleumlampe. Die ist nicht ganz ungefährlich. Kann es sein, dass sie das Feuer aus-

gelöst hat?« Onkel Titus stand wütend auf. »Moment, wollen Sie etwa behaupten, dass ich meinen Schuppen selbst abgefackelt habe?«

»Nein, natürlich nicht, Mister Jonas. Wir müssen einfach jeder Spur nachgehen. Verstehen Sie?«

Plötzlich mischte sich Justus in das Gespräch ein. »Kann es auch Brandstiftung gewesen sein? In der Zeitung stand doch, dass es zurzeit eine ganze Feuerserie in Rocky Beach gibt.«

Für einen Moment war es still im Raum. Tante Mathilda rutschte nervös auf dem Stuhl herum. »Natürlich nicht. Wer sollte so etwas machen?«

Doch der Einsatzleiter ging auf die Frage ein. »Alles ist möglich. Wir werden es herausbekommen.« Dann stellte der Beamte noch einige Fragen, die Onkel Titus ungeduldig beantwortete. Schließlich legte Gordon Flanders seinen Stift beiseite. »Okay, ich denke, das war's. Gleich wird noch ein Spezialist zu Ihnen rauskommen und nach der Brandursache forschen.«

Anschließend wurden sie durch eine große Halle wieder nach draußen begleitet, in der mehrere kleine Löschfahrzeuge und andere Gerätschaften herumstanden. Onkel Titus' Laune besserte sich schlagartig. »Ich werd verrückt. Seht mal, da vorne, der Schrank. Das war meiner!«

Ursachenforschung

Aufgeregt rannte Onkel Titus zu einem verbeulten Blechschrank und wollte die Tür öffnen. In diesem Moment kam ein junger Feuerwehrmann angelaufen. »Moment, mein Herr, nach Paragraf zweiundsechzig ist es nicht gestattet, dass Zivilpersonen ...«

»Lassen Sie's gut sein, Blomburt!«, unterbrach ihn

der Einsatzleiter. »Mister Jonas sagte mir, er hätte früher einmal bei der Jugendfeuerwehr seinen Dienst getan. Also ist er eigentlich ein Kollege.«

»Aber ... die Vorschriften, Mister Flanders?«

»Jaja, Sie haben recht. Aber jetzt gehen Sie zu den anderen und säubern das Fahrzeug.«

»Jawohl, Mister Flanders.« Im Laufschritt verschwand der junge Feuerwehrmann wieder.

»Tja, der Kollege ist neu bei uns. Ein guter Mann, dieser Blomburt, aber mit den Vorschriften nimmt er es manchmal zu genau. Er kennt sie alle auswendig – das macht ihm hier niemand nach.«

Kurz darauf erreichten sie alle wieder den Schrottplatz. Wenig später traf auch der angekündigte Spezialist, Mister Doyle, ein. Er begann sofort mit den Untersuchungen.

Die drei ??? blickten ihm neugierig über die Schulter. »Worauf achten Sie nach so einem Brand, Mister Doyle?«, fragte Bob interessiert.

»Spuren, Hinweise, Brandauslöser.«

»Und was könnte so einen Brand auslösen?«

»Stromkabel, Funkenflug, entzündliche Flüssigkeiten.«

Die drei wandten sich ab. »Der ist ja gesprächig wie ein alter Kaktus«, flüsterte Peter. »Ich wette, der hat noch nie mehr als vier Worte hintereinander gesprochen.«

Nach einer halben Stunde hatte der Mann seine Arbeit beendet. Onkel Titus verabschiedete sich von ihm. »Und, Mister Doyle, haben Sie die Ursache herausgefunden?«

»Negativ. Keine Spuren. Alles verkohlt. Sie erhalten einen Bericht. Guten Tag!«

Onkel Titus sah ihm hinterher, wie er in seinem kleinen Auto den Hof verließ. »Also früher, da gab es nicht so komische Leute bei der Feuerwehr. Der eine kann alle Paragrafen auswendig und der hier ist so freundlich wie ein Eiswürfel. Damals, in diesem heißen Sommer, da bin ich zu einem Einsatz gefahren und stellt euch vor ...«

Justus, Peter und Bob hörten den Rest der Geschichte nicht mehr, denn sie untersuchten jetzt selbst den Schuppen. Justus fand die rußgeschwärzte Petroleumlampe. »Ich kann mir einfach nicht vorstellen, dass dieses Ding den Brand ausgelöst haben soll. Onkel Titus würde garantiert nie im Leben vergessen, sie auszudrehen. Dafür ist er viel zu gewissenhaft.«

»Vielleicht war er müde?«, überlegte Bob. »Auszuschließen ist das nicht. Meine Mutter hat sogar mal das Bügeleisen angelassen.«

Peter hingegen hob die Überreste der verkohlten Tür auf. »Und was ist mit Brandstiftung? Immerhin hat doch dein Onkel noch nie die Tür abgeschlossen, oder, Just?«

»Das stimmt. Es gab nicht mal ein Schloss. Aber wer sollte Interesse daran haben, den Schuppen abzubrennen? Ich versteh das nicht. Zum Glück war die Feuerwehr so schnell bei uns. Gerade mal vier Minuten haben die gebraucht.« Bob stellte die Petroleumlampe beiseite. »Moment, vier Minuten? Das ist aber ungewöhnlich. Die Feuerwehr ist zwar schnell, aber wie soll das in der kurzen Zeit funktionieren? Erst mussten die doch den Anruf von deiner Tante entgegennehmen und dann noch in die Einsatzfahrzeuge steigen. Allein der Weg hierher dauert schon gute vier Minuten.« Justus knetete seine Unterlippe. »Das stimmt allerdings. Darüber habe ich noch gar nicht nachgedacht.«

»Und was machen wir jetzt?«, fragte ihn Peter.

»Ich sage dir, was wir machen. Wir werden uns um den Fall kümmern. Als Erstes fahren wir noch mal zur Feuerwache und stellen Mister Flanders genau diese Fragen.« Entschlossen liefen sie zu ihren Fahrrädern.

»Justus, wo wollt ihr denn hin?«, rief ihnen Tante Mathilda aus dem Küchenfenster nach.

»Wir suchen Antworten«, grinste Justus und schwang sich auf den Sattel.

Selbst mit den Rädern benötigten sie für die Strecke zur Feuerwache nicht mehr als zehn Minuten. Als sie ankamen, standen die beiden großen Löschfahrzeuge voll besetzt vor der Wache.

»Die scheinen gerade einen Einsatz zu haben«, vermutete Peter. Doch die Feuerwehrleute saßen ruhig in den Wagen und blickten gelassen aus den Fenstern. Plötzlich kam Gordon Flanders aus der Wache gelaufen. »Beeilung, Männer! Es brennt im alten Sägewerk an der südlichen Umgehungsstraße. Los! Ich werde hier die Stellung halten.« Die beiden Fahrzeuge ließen die Sirenen aufheulen und jagten mit Blaulicht davon.

Bob sah ihnen hinterher. »Wahnsinn. Die scheinen die Brände ja richtig zu riechen. Kein Wunder, dass die so schnell beim Schuppen waren.« Justus knetete schon wieder seine Unterlippe.

Jetzt erst bemerkte der Einsatzleiter die drei vor

der Wache. Verwundert ging er auf sie zu. »Was kann ich für euch tun, Jungs?«

»Also«, begann Bob. »Wir wollten fragen …«

Doch er wurde von Justus unterbrochen. »Wir wollten fragen, ob wir drei nicht in die Jugendfeuerwehr eintreten können!« Peter und Bob starrten ihn irritiert an.

»Ja, mein Onkel hat so von seiner Zeit bei der Feuerwehr geschwärmt. Und da haben wir gedacht, das wäre auch etwas für uns.«

Feuerwehrbabys

Peter und Bob bekamen die Münder nicht mehr zu. Auch Gordon Flanders schien überrascht zu sein. »Tja, das kommt jetzt ein wenig plötzlich. Ich meine, wir freuen uns natürlich immer über Nachwuchs. Zurzeit ist aber auf der Wache eine ganze Menge los, wie ihr seht.« Justus ließ nicht locker. »Gerade darum. Wir haben Ferien und langweilen uns zu Tode. Von der Arbeit als Feuerwehrmann haben wir schon immer geträumt.«

»Na schön. Wenn ihr unbedingt wollt. Die Jugendfeuerwehr trifft sich einmal die Woche und lernt die Grundlagen der Brandbekämpfung. An den anderen Tagen darf sie hier auf der Wache mithelfen – es gibt immer viel zu tun.«

Justus klatschte in die Hände. »Super. Dann können wir ja gleich anfangen. Bekommen wir eigene Uniformen?«

»Ihr könnt es ja kaum erwarten. Also gut. Geht in die Halle und lasst euch von Randy Blomburt

Jugenduniformen geben. Anschließend könnt ihr ihm helfen, die nassen Schläuche zum Trocknen aufzuhängen. Den Schriftkram erledigen wir später. Ich benötige auch noch die Unterschriften von euren Eltern. Tja, dann heiße ich euch willkommen bei der Feuerwehr von Rocky Beach! Tut mir leid, aber ich muss jetzt schnell wieder in mein Büro.«

Kaum war der Einsatzleiter außer Sichtweite, platzte es aus Bob heraus. »Just! Hast du einen Knall? Was sollen wir denn bei der Feuerwehr?«

Peter war genauso wenig begeistert. »Ich denke, wir wollten Mister Flanders ein paar wichtige Fragen stellen? Jetzt sind wir plötzlich Mitglieder der Jugendfeuerwehr. Ich glaub, ich spinne!«

Justus zog seine Freunde in eine ruhige Ecke. »Nicht so laut. Wir sind mittendrin im Fall. Und die Sache ist komplizierter, als wir dachten.«

»Was meinst du damit?«, fragte Peter.

»Habt ihr denn nichts gemerkt? Wieso saßen die Männer im Wagen, obwohl sie noch gar nichts von einem Brand wissen konnten?«

Peter und Bob sahen ihn nachdenklich an.

»Seht ihr! Hier ist doch irgendwas faul. Mister Flanders verschweigt uns etwas und das will ich herausbekommen. Als Mitglieder der Jugendfeuerwehr können wir uns hier unauffällig einschleichen.« Bob staunte über seinen Freund. »Und das hast du dir alles in der kurzen Zeit überlegt, Just?«

»Ja, manchmal muss man seine Pläne blitzschnell ändern.«

Plötzlich stand Randy Blomburt hinter ihnen. »Also, ihr seid die neuen Feuerwehrbabys?«

Bob blickte ihn sauer an. »Was heißt hier Babys?«

»Ja, ist schon gut. Kommt mit, ich werde für euch ein paar passende Klamotten aussuchen.«

Der junge Feuerwehrmann führte sie in die große Halle und öffnete einen Schrank. »So, das sind unsere kleinsten Größen. Jeder bekommt einen Overall, Schuhe und einen Helm. Aber ihr werdet ja nicht gleich am ersten Tag brennende Hochhäuser löschen wollen.«

»Was dann?«, fragte Peter.

»Zuerst heißt es: Halle ausfegen. Und wenn ihr fertig seid, könnt ihr mir mit den Schläuchen helfen.«

Kurze Zeit später standen die drei mit großen Besen bewaffnet in der Halle. Die Overalls waren ihnen entweder zu eng oder zu groß.

»Na prima«, schimpfte Bob. »So habe ich mir die spannende Arbeit der Feuerwehr immer vorgestellt. Statt einer coolen Wasserspritze halte ich jetzt einen blöden Schrubber in der Hand. Just, ich weiß nicht, ob die Idee so gut war.«

»Nun hör auf zu meckern! Wir haben uns nicht für die nächsten hundert Jahre bei der Feuerwehr verpflichtet. Sobald der Fall gelöst ist, können wir ja wieder austreten.«

»Ruhe dahinten«, schimpfte Randy Blomburt

vom anderen Ende der Halle. »Ihr sollt fegen und nicht quatschen! Disziplin ist die erste Pflicht des Feuerwehrmannes!«

»Und das ist bestimmt Paragraf eins«, sagte Bob leise.

»Das habe ich gehört, Brille! Euch werde ich im Auge behalten! Und nun an die Arbeit. In einer halben Stunde will ich vom Boden essen können.«

Die nächste Zeit waren sie damit beschäftigt, die große Halle auszufegen. Der aufgewirbelte Staub brannte in den Augen und kratzte im Hals. Randy Blomburt ließ die drei keinen Moment aus den Augen. Bob wischte sich wütend seine Brille am Overall sauber. »So ein Spinner«, flüsterte er. »Der ist bestimmt nur sauer, weil er nicht zu dem Einsatz beim Sägewerk mitdurfte. Jetzt hat Randy ein paar Dumme gefunden, die er herumscheuchen darf.« In diesem Moment betrat Gordon Flanders die Halle und rief alle zu sich. Randy Blomburt rannte sofort zu ihm und stand vor ihm stramm. »Melde mich zur Stelle!«

Der Einsatzleiter übergab ihm einen Zettel.

»Blomburt, Sie sind zurzeit der Einzige aus der Wache, den ich einsetzen kann. Es scheint ein Notfall zu sein.« Randy Blomburts Augen leuchteten auf. »Ein Einsatz? Wo brennt es denn?«

»Es ist kein Feuer. Vielmehr hat eine Misses Martens Probleme mit ihrer Katze. Die hockt seit heute Morgen auf einem Baum und traut sich nicht mehr herunter. Nehmen Sie den kleinen Jeep und schnappen Sie sich unsere neuen Jugendfeuerwehrmänner. Auf diese Weise lernen die drei den Feuerwehralltag kennen. Wenn Sie Hilfe brauchen, melden Sie sich in der Zentrale. Hier ist die Adresse. Viel Glück.«

Katzenrettung

Enttäuscht starrte Randy Blomburt auf den Zettel. »Eine Katze also«, murmelte er und drehte sich um. Justus, Peter und Bob folgten ihm nach draußen zu einem kleinen roten Jeep. »Los, setzt euch nach hinten auf die Rückbank! Und wehe, einer macht dumme Bemerkungen.«

Das Haus von Misses Martens lag nördlich von Rocky Beach in einer kleinen Seitenstraße. Die ältere Dame wartete schon ungeduldig auf das Eintreffen der Feuerwehr. »Da sind Sie ja endlich«, rief sie ihnen entgegen. »Sie sind sicher nur die Vorhut, oder?«

»Was für eine Vorhut?«, fragte Randy Blomburt irritiert und öffnete die Autotür.

»Na, wo bleibt der große Wagen mit der langen Leiter? Wie wollen Sie denn sonst meine Minka herunterholen?« Aufgeregt deutete sie ins Geäst eines hohen Baumes. Völlig verängstigt krallte sich dort eine kleine schwarz-weiße Katze fest. Randy Blomburt setzte lässig eine verspiegelte Sonnenbrille auf und blickte nach oben. »Für solche Kleinigkeiten rücken wir nicht mit unserem schweren Gerät aus. Bleiben Sie hier stehen, das haben wir gleich!« Dann stellte sich der junge Feuerwehrmann unter den Baum und begann, auf die Katze einzureden. »Komm, Miez, Miez. Hier unten steht der liebe Randy und will dich in die Arme nehmen. Nun mach schon, dann gibt es auch einen leckeren Fischkopf zu fressen.«

Doch bei der Katze schien das nicht besonders zu wirken. Im Gegenteil – sie kletterte noch etwas höher. Misses Martens war verärgert. »Nun sehen Sie, was Sie angerichtet haben! So kommt Minka niemals vom Baum runter.«

Mittlerweile hatten sich viele neugierige Nachbarn vor dem Grundstück versammelt. Aber Randy

Blomburt kümmerte sich nicht darum. »Haben Sie einen Gartenschlauch, Misses Martens?«

»Einen Gartenschlauch? Was wollen Sie denn damit?«

»Na, Katzen hassen Wasser. Ich werde sie mit einem gezielten Strahl herunterjagen. Die drei Burschen hier werden dann das Tier mit einer gespannten Wolldecke auffangen.« Die alte Dame war außer sich. »Was? Sie wollen meine Minka einfach vom Baum schießen? Sind Sie wahnsinnig? Ich habe die Feuerwehr gerufen und keinen Jäger.« Doch bevor sie weiterschimpfen konnte, wurde sie von Bob unterbrochen. »Warten Sie, Misses Martens. Ich denke, es gibt noch einen anderen Weg.« Randy Blomburt war nicht gerade begeistert, als er das hörte. »Soso, unsere Babyfeuerwehr hat auch noch eine Idee. Wollt ihr vielleicht den Baum absägen?« Aber Bob ließ sich nicht beirren. »Nein, ich werde einfach hochklettern und die Katze herunterholen.«

Der Feuerwehrmann schüttelte entschieden den Kopf. »Auf gar keinen Fall! Ich trage die Verantwortung für meine Einheit. Nur ich allein bestimme, was meine Männer wann und wo zu tun oder zu lassen haben.«

Nun mischte sich auch Justus ein. »Das stimmt nicht ganz. Immerhin sind wir noch keine offiziellen Mitglieder der Jugendfeuerwehr. Mister Flanders wartet noch auf die Unterschriften unserer Eltern. Das können Sie in Ihren Verordnungen nachlesen.« Nervös nahm Randy Blomburt seine Brille wieder ab. »Äh, das kann ich nicht allein entscheiden. Ich werde zum Auto gehen und per Funk bei der Einsatzleitung nachfragen. Hier rührt sich keiner von der Stelle!« Genervt wandte er ihnen den Rücken zu und verschwand mit schnellen Schritten in Richtung Jeep.

Von oben miaute immer noch kläglich die verängstigte Katze. Justus, Peter und Bob sahen sich einen kurzen Moment an. Dann gingen sie entschlossen auf den Baum zu. Peter kletterte an Justus hoch, der sich an den Baumstamm lehnte, und stellte sich auf dessen Schultern. »Los, Bob. Jetzt bist du dran«, grinste er und zog seinen Freund zu sich hinauf. Von Peters Schultern aus konnte Bob den ersten

Ast ergreifen. Jetzt war es für ihn kein Problem mehr, am Baum weiter nach oben zu klettern. Randy Blomburt bekam von alldem nichts mit.

Meter um Meter näherte sich Bob der kleinen Katze. Er war der Leichteste von den drei ??? und hatte keine Schwierigkeiten, sich an den dünnen Ästen vorwärtszuhangeln. Gebannt beobachteten Justus, Peter und die ganze Nachbarschaft den Rettungsversuch. Schließlich erreichte Bob das zitternde Kätzchen und streckte vorsichtig seine Hand nach ihm aus. »Ganz ruhig, Minka. Ich will dich nur sicher nach unten bringen. Komm! Gleich ist es vorbei.« Die beruhigenden Worte schienen auf die Katze zu wirken. Ohne Widerstand ließ sie sich von Bob in die Hand nehmen. Dann schob er die Katze unter seinen Overall.

Anschließend machte er sich auf den Rückweg.

Als er wieder auf Peters Schultern stand, applaudierten die Zuschauer und Misses Martens ging erleichtert auf sie zu. »Danke, mein Junge. Endlich habe ich mein Kätzchen wieder. Minka, komm zu Mama!«

Jetzt erst bemerkte Randy Blomburt, was vor sich ging. Entsetzt sprang er aus dem Jeep und rannte herbei. »Ja, was ist denn hier los? Komm sofort da runter! Ich habe eine Rettungsleiter angefordert und ...« Doch als er sah, wie Bob die Katze unter seinem Overall herauszog, verschlug es ihm fast die Sprache. »Moment, du willst doch nicht sagen, dass du da hochgeklettert bist? Dafür bekommst du einen Eintrag ins Führungszeugnis.« Misses Martens schubste ihn beiseite. »Unsinn, junger Mann! Sehen Sie lieber zu, dass die drei eine Tapferkeitsmedaille bekommen.«

Feuerteufel

Überglücklich nahm Misses Martens das kleine Kätzchen in den Arm und bedankte sich bei den drei ???. »Ihr wisst ja gar nicht, was mir meine Minka bedeutet. Ich stehe tief in eurer Schuld. Kann ich mich irgendwie bei euch erkenntlich zeigen? Ich habe noch ein altes Schaukelpferd von meinem ersten Sohn.« Bob musste grinsen und lehnte dankend ab. »Tut mir leid, Misses Martens. Aber wir sind im Dienst und dürfen keine Geschenke annehmen.«

»Genauso ist es«, unterbrach Randy Blomburt. »Paragraf zwölf der Dienstvorschriften. So, und nun ist die Vorstellung beendet. Alles einsteigen, es geht zurück auf die Wache!« Während der ganzen Fahrt sprach er kein Wort mit den drei ???.

»Ich glaube, der ist ganz schön sauer«, flüsterte Peter.

Als sie die Feuerwehrwache erreichten, war es schon Nachmittag. Auch die Einsatzwagen, die zum Brand im Sägewerk ausgerückt waren, standen wieder vor der Wache. Erschöpft saßen die Männer auf langen Bänken in der Halle und wischten sich ihre rußgeschwärzten Gesichter sauber. Randy Blomburt stellte den Jeep ab. »Die haben wenigstens einen richtigen Brand gelöscht und keine Katze vom Baum holen müssen. Los, aussteigen! Ich muss beim Einsatzleiter eine Meldung über euch machen.« Mürrisch trotteten die drei hinter ihm her.

Doch Gordon Flanders hatte schon von der ganzen Geschichte gehört und beruhigte den jungen Feuerwehrmann. »Blomburt, nun nehmen Sie die Verordnungen nicht ganz so streng! Misses Martens hat mich eben angerufen, um sich noch mal für die Rettung zu bedanken. Immerhin musste schnell gehandelt werden. Jungs, zum Glück ist nichts passiert. Aber beim nächsten Mal gibt es solche Einzelaktionen nicht mehr, verstanden? Bei der Feuerwehr ist Teamarbeit gefragt. Merkt euch das! So, und nun schnappt euch jeder einen Teller. Es ist schon spät und das richtige Mittagessen fällt heute leider aus. Darum gibt es jetzt eine schnelle Bohnensuppe. Guten Appetit!«

Das war nicht gerade das Lieblingsessen der drei ???, aber da sie seit dem Frühstück nichts mehr gegessen hatten, löffelten sie hungrig die lauwarme Suppe in sich hinein. Randy Blomburt warf ihnen einen missmutigen Blick zu.

Als Justus sich einen zweiten Teller Suppe abholte, beobachtete er, wie ein Polizeiwagen neben der Wache einparkte. Kommissar Reynolds stieg aus. Justus erkannte ihn sofort. Schon oft hatten die drei ??? mit der Polizei von Rocky Beach zusammengearbeitet. Auch Gordon Flanders hatte den Besuch bemerkt und ging sofort nach draußen zum Kommissar. Dann sahen sich beide kurz um und verschwanden hinter dem Gebäude. Eilig lief Justus wieder zu seinen beiden Freunden. Sie hatten es sich auf ein paar zusammengerollten Schläuchen gemütlich gemacht. »Schnell, stellt die Teller kurz weg!«, sagte er leise. »Kommt mit, ich muss euch was erzählen.« Erst als sie unbemerkt die Halle verlassen hatten, berichtete Justus von seinen Beobachtungen. Peter war unbeeindruckt. »Na und? Warum sollen sich Kommissar Reynolds und

Gordon Flanders nicht unterhalten?«, fragte er verwundert.

»Das können sie ja ruhig. Aber warum verschwinden sie dazu hinter der Feuerwache? Los, ich muss wissen, was die zu besprechen haben!« Zögernd folgten Peter und Bob ihrem Freund. Auf der Rückseite des Gebäudes entdeckten sie schließlich die beiden Beamten. Justus deutete auf einige Stapel alter Autoreifen. »Schnell! Dahinter verstecken wir uns!« Auf Zehenspitzen schlichen sie zu den Reifen. Von hier aus konnten sie das Gespräch mitverfolgen. Der Einsatzleiter schien sehr aufgeregt zu sein.

»Kommissar Reynolds, ich bin froh, dass Sie so schnell gekommen sind.«

»Ja, schon gut. Aber nun erzählen Sie, Flanders! Was ist hier eigentlich los?«

»Gut. Sie wissen ja von dieser seltsamen Brandserie in Rocky Beach. Seit Wochen geht das so. Gestern dann das Feuer bei Titus Jonas und heute gab es schon wieder Alarm. Diesmal im alten Sägewerk. Zum Glück ist nur ein großer Haufen Holz in Brand geraten. Die Gebäude sind unversehrt geblieben.« Der Kommissar unterbrach ihn. »Meinen Sie, es steckt jemand dahinter?«

»Richtig. Wir wurden nämlich bei den letzten beiden Bränden telefonisch vorgewarnt.«

»Was?«

»Ja. Zuerst hielt ich es für einen dummen Streich. Aber jetzt bin ich mir sicher. Wir haben es mit einem Brandstifter zu tun.«

»Moment. Es gibt einen Feuerteufel in Rocky Beach?«

»Wir müssen davon ausgehen, Kommissar. Der Täter hat die Feuer angekündigt.«

»Wie darf ich das verstehen, Mister Flanders?«

»Nun ja. Man hat uns gesagt, wir sollen uns bereithalten und in die Löschfahrzeuge steigen. Darum waren wir immer so schnell am Einsatzort.«

»Und dann?«

»Dann kam wieder ein Anruf, bei dem uns die genaue Adresse genannt wurde. Die Stimme des Anrufers war jedes Mal sehr verzerrt. Ich könnte nicht einmal sagen, ob es ein Mann oder eine Frau war.«

»Das ist ja eine unglaubliche Geschichte. Sie hätten uns viel früher einschalten sollen!«

»Ich weiß. Aber ich hoffe, es ist noch nicht zu spät.«

»Und warum wollten Sie mich unbedingt persönlich sprechen?«

Der Einsatzleiter machte eine kurze Pause. »Nun ja, nicht dass Sie mich falsch verstehen. Aber wir haben es hier anscheinend mit einem Verrückten zu tun. Und da kann man nichts ausschließen. Niemand sollte von unserem Gespräch etwas mitbekommen. Hier auf der Feuerwache haben die Wände Ohren.«

»Verstehe. Sie meinen also, es könnte auch jemand aus Ihren Reihen sein?«

»Das habe ich nicht gesagt. Aber es wäre nicht das erste Mal, dass Feuerwehrmänner, aus welchen Gründen auch immer, solche Taten begehen. Aber wie gesagt, ich wollte nur keine Möglichkeit ausschließen.«

Kommissar Reynolds schwieg für eine Weile. Schließlich holte er tief Luft. »Okay, ich werde die Ermittlungen aufnehmen. Selbstverständlich so unauffällig wie möglich. Bitte halten Sie mich auf dem Laufenden!«

Dann verabschiedeten sich die beiden Männer und der Kommissar stieg wieder in seinen Wagen.

Peter holte tief Luft. »Just, ich glaube, du hast mal wieder den richtigen Riecher gehabt.«

Rauchzeichen

Als die drei ??? wieder die Halle betraten, hatte man den großen Topf mit der Bohnensuppe schon weggeräumt. Randy Blomburt kam wütend auf sie zu. »Ach, der Feuerwehrnachwuchs macht sich heimlich aus dem Staub. Glaubt ihr, die Teller räumen sich von alleine weg? Los, alles einsammeln und in die Küche bringen! Aber ein bisschen plötzlich! Das ist hier kein Luxushotel! Ich komme in zehn Minuten wieder, dann will ich keine Bohne mehr sehen!«

Gehorsam nahmen sie eine große Plastikschüssel und stapelten die dreckigen Teller und Becher hinein.

Die meisten Feuerwehrmänner hatten sich mittlerweile in die Mannschaftsräume im ersten Stock zurückgezogen. Noch immer war die Luft erfüllt vom Brandgeruch des letzten Einsatzes, der sich in ihren Uniformen festgesetzt hatte.

Bob entdeckte im hinteren Teil der Halle einen Mann, der verkohlte Gegenstände auf einer Werkbank ausbreitete. »He, seht mal! Das dahinten ist doch Mister Doyle, dieser Spezialist für Brandursachen.« Jetzt erkannte ihn auch Justus. »Stimmt, du hast recht. Ich wette, der untersucht schon die ersten Fundstücke vom Brand im Sägewerk. Los, das sehen wir uns an.«

Der Spezialist war nicht gerade erfreut, als er von den drei ??? bei seiner Arbeit unterbrochen wurde. Ungeniert fragte Justus drauflos. »Hallo, Mister Doyle. Wir sind seit heute auch bei der Feuerwehr. Dürfen wir fragen, was Sie da untersuchen? Stammt das vom Brand im Sägewerk?« Mister Doyle sah ihn nicht einmal an. »Keine Auskunft. Laufende Ermittlung. Geheimhaltungsstufe.« Doch Justus versuchte, noch mehr aus dem wortkargen Mann herauszuquetschen. »Diese Blechteile da dampfen ja fast noch. Meinen Sie, sie könnten uns zur Brandursache führen?«

»Keine Auskunft.«

Peter stieß seinem Freund in die Seite. »Vergiss es, Just!«, flüsterte er. »Der ist verschwiegen wie ein Grab. Lass uns lieber weitermachen, bevor Blomburt wieder zurückkommt!«

In diesem Moment hob Doyle einen verkohlten Blechkanister auf den Tisch und Justus erstarrte für einen Augenblick. Er schien etwas entdeckt zu haben. Kurz darauf gingen sie wieder zu der Plastikkiste mit dem dreckigen Geschirr. Bob hatte Justus' Reaktion bemerkt. »Sag mal, was war denn an dem alten Kanister so interessant? Ich dachte schon, du hättest einen Geist gesehen.« Justus sah sich nervös um. »Das war kein normaler Kanister.«

»Was dann?«

»Der gehörte Onkel Titus. Er lag immer in seinem Schuppen und war gefüllt mit Benzin für den Rasenmäher.« Peter verstand die Aufregung nicht. »Und

warum bist du da so sicher? Ich meine, es gibt in Kalifornien Tausende solcher Kanister.«

»Das stimmt. Aber es gibt nur einen, in den die Buchstaben T und J eingekratzt sind.« Bob hielt sich die Hand vor den Mund. »T und J? Ich fasse es nicht: Titus Jonas?«

»Genau. Mein Onkel markiert fast alles, was er in seinem Schuppen hat. Auf jede Zange und jeden Hammer hat er seine Initialen gekratzt. Er macht das, seitdem er einmal verliehenes Werkzeug nicht mehr zurückbekommen hat.«

Nun wurde auch Peter klar, was dies zu bedeuten hatte. »Moment, das heißt ja, dass der Brandstifter bei Onkel Titus den Kanister geklaut hat, um damit gleich am nächsten Tag den Holzhaufen beim Sägewerk anzuzünden. Damit ist bewiesen, dass es sich um ein und denselben Täter handeln muss.«

Bob nickte eifrig. »Unglaublich. Am Ende war es noch Onkel Titus selbst.«

»Wie bitte?«, unterbrach ihn Justus empört. »Das meinst du doch nicht im Ernst, oder?«

»Natürlich nicht, Just. Doch ein guter Detektiv

sollte keine Möglichkeit ausschließen. Das sagst du doch selbst immer. Bei Onkel Titus ist es natürlich was anderes. Ich denke, wir sollten die Sache mit den Initialen erst mal für uns behalten, bis wir mehr herausgefunden haben. Unser Mister Doyle hat anscheinend sowieso nicht besonders viel Lust, mit uns zu sprechen.«

Nachdem sie das Geschirr in die Küche gebracht hatten, wurden sie von Randy Blomburt für diesen Tag entlassen. »So, ihr Grünschnäbel. Das war's für heute. Wenn ihr euch weiterhin so dumm anstellt, werdet ihr die Prüfung zum Jugendfeuerwehrmann niemals schaffen. Wir sehen uns morgen.«

Es war schon spät am Nachmittag, als sie wieder den Schrottplatz erreichten. In der Einfahrt stand ein kleiner Wagen und auf der Veranda saß ein dicklicher Herr im grauen Anzug. Tante Mathilda schenkte ihm gerade eine Tasse Tee ein. Justus wunderte sich. »Ist das etwa noch so ein Brandexperte?«

Doch Onkel Titus klärte ihn auf. »Ah, gut, dass ihr kommt, Jungs. Das ist Mister Corps von der Feuerversicherung. Er nimmt den Schaden auf und ich

muss eine Liste von allen verbrannten Gegenständen anfertigen.« Justus setzte sich zu ihnen. »Hast du denn das alles im Kopf, Onkel Titus?«

»Nun ja, es waren sehr viele seltene Stücke. Allein der Original-Föhn von Elvis Presley. Alles unersetzbar.« Mister Corps, der schon eine lange Liste vor sich liegen hatte, steckte seinen Kugelschreiber wieder ein. »Gut, Mister Jonas. Wie gesagt, ich bedauere Ihren Verlust. Könnten wir nun einen Blick in den abgebrannten Schuppen werfen?«

»Natürlich. Oder sagen wir lieber, in das, was davon übrig geblieben ist. Wissen Sie, ich war früher selbst jahrelang bei der freiwilligen Feuerwehr. Da hat man einiges gesehen. Ein Feuer vernichtet alles. So wie damals an diesem heißen Sommertag. Verdammt, war das heiß. Plötzlich kam dieser Einsatz. Mit über zwanzig Mann sind wir ausgerückt. Das Feuer konnten wir schon aus der Ferne sehen. Die Luft knisterte vor Hitze und ...« Doch Tante Mathilda unterbrach ihn. »Titus, ich glaube nicht, dass Mister Corps die alte Geschichte interessiert. Kommen Sie, wir zeigen Ihnen den Schuppen.«

Kuckuck

Von dem abgebrannten Holzverschlag war tatsächlich nicht mehr viel übrig geblieben. Mister Corps zog sich ein Paar Gummihandschuhe an und wühlte in der Asche herum.

»Nach was suchen Sie denn?«, fragte Bob neugierig.

»Tja, ich suche nach Dingen, die normalerweise nicht vom Feuer verschlungen werden. Eisen, Drähte, Blech. Eben alles, was nicht brennt. Mister Jonas, wo genau hatten Sie denn Ihre Schätze gelagert?« Onkel Titus zeigte auf die Überreste eines verkohlten Regals. »Na hier. Dadrin habe ich das meiste aufbewahrt. Von Klopapierrollen aus dem Weißen Haus bis zur Perücke eines unserer ehemaligen Präsidenten. Ich weiß nur nicht, von welchem. Aber alles hundertprozentig echt. Davon dürfte wohl kaum etwas das Feuer überstanden haben.«

»Gut, aber wo sind zum Beispiel die mechanischen Bauteile aus dem Föhn? Ein Motor müsste zu finden sein. Oder Ihr Original-Mixer von der Titanic?«

Onkel Titus kratzte sich ratlos am Kinn. »Nun ja. Das kann ich Ihnen nun auch nicht so genau sagen. Ich habe keine Ahnung.«

Nun mischte sich Peter ein. »Vielleicht hat der Brandexperte, Mister Doyle, die Teile zur Untersuchung mitgenommen?« Doch Onkel Titus schüttelte den Kopf. »Nein, das hätte ich bemerkt. Der hat das Grundstück mit leeren Händen verlassen. Mister Corps, was denken Sie?«

»Also, ich könnte mir vorstellen, dass sich die Sache auch anders zugetragen hat. Jemand ist bei Ihnen eingebrochen und wollte die Dinge stehlen. Und um Spuren zu verwischen, hat er am Ende einfach den Schuppen in Brand gesetzt.«

»Ja, so könnte es gewesen sein«, überlegte Onkel Titus. »Aber was würde das bedeuten?«

»Tja, das würde leider bedeuten, dass unsere Versicherung dafür nicht aufkommen könnte. Wir zahlen für verbrannte Wertgegenstände – nicht für

Diebstahl.« Onkel Titus musste vor Schreck schlucken. »Äh, dann sollte es lieber doch kein Einbrecher gewesen sein.«

Mittlerweile war es schon recht spät geworden und die Sonne verschwand langsam am Horizont. Plötzlich hörten sie aus der Ferne ein leises ›Kuckuck‹. Justus zuckte zusammen. »Hast du das gehört, Onkel Titus?«

»Na klar. Das war meine kanadische Kuckucksuhr. Auf die ist Verlass.«

»Genau. Aber weißt du nicht, was das heißt?«

Jetzt erst schien Onkel Titus zu begreifen. »Moment! Natürlich, die Uhr ist heil geblieben. Schnell! Das muss von da draußen gekommen sein.«

Aufgeregt rannten alle in die Richtung. Bob schob einige rostige Blechplatten zur Seite. »Hier ist schon mal nichts. Der Kuckucksruf kam aber von dieser Stelle. Ich bin mir ganz sicher.« Justus hingegen untersuchte ein altes Ölfass und machte dabei eine überraschende Entdeckung. »Onkel Titus, hast du die ganze Plastikfolie in das Fass gestopft?«

»Plastikfolie? Nein, lass mal sehen. Tatsächlich,

wer macht denn so etwas? Warte, das haben wir gleich.« Hastig zog er die Folie aus dem Fass. Als er sah, was darunter zum Vorschein kam, wollte er seinen Augen nicht trauen. »Nun seht euch das an! Ist ja nicht zu fassen! Unter der Folie liegen meine Sachen. Hier, die Kuckucksuhr! Und da, der Klodeckel. Unglaublich!« Überglücklich zog er ein Teil nach dem anderen heraus. In einem weiteren Fass fanden sie schließlich den Rest seiner Sammlung.

»Ihr wisst gar nicht, wie glücklich mich das macht«, strahlte Onkel Titus. »Den Schuppen kann ich schnell wieder aufbauen. Das hier wäre für immer verloren gewesen.« Auch der Herr von der Versicherung strahlte. »Und mich macht das erst glücklich. Kein hoher Schaden und kein Schreibkram. Ich denke, den Fall können wir schnell zu den Akten legen.«

Nur Justus war nicht ganz zufrieden. »Meiner Meinung nach ist der Fall noch längst nicht erledigt. Wir haben jetzt sogar noch mehr Fragen als vorher.« Sein Onkel war mittlerweile schon damit beschäftigt, seine Schätze ins Haus zu tragen. »Was für Fragen? Da wollte mich anscheinend jemand

ärgern. Ein dummer Streich, um den sich die Polizei kümmern wird. Hauptsache, ich habe alles wieder. Was meinen Sie, Mister Corps?«

»Vielleicht ist es so gewesen. Es gibt aber auch Einbrecher, die ihr Diebesgut erst einmal verstecken, um es später abzuholen.« Dann musste er lachen. »Böse Zungen könnten auch behaupten, Sie selbst hätten die Gegenstände versteckt, um dann das Geld von der Versicherung zu bekommen. Aber das wäre ja lächerlich.«

Onkel Titus stutzte kurz, lachte dann aber mit. »Stimmt, das wäre wirklich lächerlich. Ich als Versicherungsbetrüger. Ich lach mich tot.«

Als sich Mister Corps schließlich verabschiedete, war es bereits dunkel. Peter und Bob beeilten sich, nach Hause zu kommen.

Justus dagegen saß noch lange an seinem Fenster im ersten Stock und blickte nachdenklich über den Schrottplatz.

Grundausbildung

Am nächsten Morgen wurde Justus von lauten Rufen geweckt. Unten auf dem Schrottplatz standen Peter und Bob und warfen kleine Steinchen an seine Fensterscheibe. »He, Just! Raus aus dem Bett! Es brennt!«, hörte er Bob lachen. Müde trottete Justus ans Fenster. »Hört auf mit dem Quatsch. Mit Feuer macht man keine Witze! Wartet, ich komm runter!«

Tante Mathilda hatte auf der Veranda den Frühstückstisch gedeckt und seine beiden Freunde bissen bereits vergnügt in Brote mit Kirschmarmelade. Peter wischte sich mit einer Serviette den Mund ab. »Wir müssen uns beeilen, sonst bekommt Blomburt einen Anfall. Pünktlichkeit steht für ihn bestimmt noch vor Paragraf eins.«

»Wer ist dieser Blomburt?«, fragte Tante Mathilda neugierig. Jetzt erst fiel es Justus wieder ein: Heute war der zweite Tag ihrer Ausbildung zum Jugendfeuerwehrmann. Er hatte völlig vergessen, ihr davon zu berichten, und erzählte die ganze Geschichte.

Onkel Titus war sofort begeistert. »Ja, das ist mal eine gute Entscheidung. Ihr könnt nicht die ganzen Ferien faul am Strand herumgammeln. Mir hat das damals auch sehr gut getan. Ich weiß gar nicht, ob ich es euch schon erzählt habe, aber ich war damals dabei, als das große Feuer in Rocky Beach wütete. Es war ein sehr heißer Tag, noch viel heißer als heute und …«

Justus' Blick fiel auf die Morgenzeitung und er unterbrach seinen Onkel. »Seht euch das an! Hier steht ein großer Bericht über den Brand im Sägewerk: ›Schon wieder hat der Feuerteufel zugeschlagen.‹ Verrückt. Woher weiß dieser Reporter, dass es ein Feuerteufel gewesen sein muss?« Peter nahm ihm die Zeitung aus der Hand. »Und wieso ist der immer so schnell zur Stelle? Guck mal, auf diesem Foto kommen die Löschwagen gerade erst angerast. Der war schneller als die Feuerwehr.« Bob legte sein Marmeladenbrot zur Seite. »Vielleicht hat er den Funk abgehört? Mein Vater hat erzählt, dass die meisten Reporter mit ihren Radios auch Polizeifunk empfangen. Das ist zwar verboten, aber trotzdem machen es alle.« Bobs Vater arbeitete selbst als Reporter bei einer großen Tageszeitung in Los Angeles.

Tante Mathilda hatte ganz andere Sorgen. »Also das mit diesen Bränden gefällt mir gar nicht. Warum müsst ihr gerade dann bei der Feuerwehr eintreten, wenn solche sonderbaren Dinge vor sich gehen? Ihr müsst mir versprechen, vorsichtig zu sein!«

Doch Justus konnte sie beruhigen. »Keine Angst. Wir dürfen sowieso nur die Halle ausfegen und Katzen von Bäumen holen. So, jetzt müssen wir Vollgas geben. Blomburt versteht keinen Spaß.«

»Macht mir keine Schande«, rief ihnen Onkel Titus hinterher. »Der Name Jonas hat bei der Feuerwehr einen Ruf zu verlieren.«

Als sich die drei ??? der Wache näherten, bestätigten sich ihre Befürchtungen. Breitbeinig stand Randy Blomburt auf dem Hof und blickte auf seine Uhr. »Meine Herren, ihr seid genau drei Minuten zu spät. Hat jemand eine Erklärung dafür?«

»Was sind denn schon drei Minuten?«, keuchte

Bob und stellte sein Rad ab. Das hätte er lieber nicht sagen sollen. Randy Blomburt holte tief Luft: »Wisst ihr, was drei Minuten bedeuten können? In drei Minuten kann ein ganzes Haus abbrennen. Bei der Feuerwehr entscheiden drei Minuten über Leben und Tod. So, und nun zieht eure Uniformen an! Die Ausbildung geht weiter. Marsch, marsch!«

Der junge Feuerwehrmann hatte sich so aufgeregt, dass sein Kopf knallrot angelaufen war. Die drei sagten lieber nichts mehr und rannten eingeschüchtert zu dem Schrank mit ihren Uniformen. Sekunden später standen sie vor ihrem Ausbilder stramm.

»Na bitte! Geht doch!«, strahlte Randy Blomburt. »Heute werdet ihr einiges über die Gefahren des Feuers lernen. Du da, mit der Brille, woran sterben die meisten Menschen bei Bränden?«

»An Verbrennungen, denke ich«, stotterte Bob.

»Falsch! Am Rauch. Giftige Dämpfe sind der schlimmste Feind. Sie dringen durch alles und jeden. Wie eine heimtückische Schlange ziehen sie durch die Räume. Ein Atemzug genügt und man fällt um.

Wie kommt man aus einem Zimmer, das mit Qualm gefüllt ist? Wer weiß das?«

Peter hob schüchtern die Hand. »Äh, man springt auf und rennt aus dem Raum.«

»Ha! Auch falsch. Die heißen, giftigen Dämpfe steigen zur Decke. Darum kriecht man so dicht wie möglich am Boden entlang. Unten gelangt der Qualm als Letztes hin. Doch genug von der Theorie. Wir kommen jetzt zur Praxis. Mitkommen!«

Die drei waren froh, dass die Fragestunde beendet war. Bob zog den Gürtel seines Overalls stramm. »Das ist ja schlimmer als in der Schule. Und das mitten in den Ferien.«

Randy Blomburt führte sie hinter die Feuerwache. Dort stand auf einem freien Platz ein alter

Herd mit einer großen Pfanne auf einer der Platten. Mit Schwung goss der Feuerwehrmann Öl in die Pfanne. Es zischte leise. »So, jetzt schaut genau zu! Ich habe einiges vorbereitet. Stellt euch vor, ihr wollt euch zu Hause ein großes Steak braten und erhitzt dazu Fett.«

Justus unterbrach ihn. »Kann ich mir nicht vorstellen. Bei uns lässt Tante Mathilda niemanden an den Herd.« Seine beiden Freunde konnten sich das Grinsen kaum verkneifen. Doch Randy Blomburt fand das gar nicht lustig. »Verstehe, du bist wohl der Witzbold in eurem Trio. Na schön. Euch werden die Späße schon noch vergehen. Also, das Fett wird immer heißer und heißer und schließlich fängt es an zu brennen.«

Er nahm ein langes Streichholz und entzündete das Fett in der Pfanne. Eine riesige Flamme schoss empor. »Tja, da staunt ihr, was? Fett brennt bei hohen Temperaturen wie Benzin. So weit, so gut. Jetzt die Preisfrage: Wie können wir das Feuer löschen?«

Kaum einer traute sich mehr, etwas zu sagen.

Schließlich machte Justus einen Versuch. »Ich würde sagen: mit Wasser, oder?« Randy Blomburt schien sich über die Antwort fast zu freuen. »Soso, mit Wasser also. Dann tretet einmal zwanzig Schritte zurück. Ich werde eure Idee nämlich ausprobieren.« Grinsend nahm er einen Wasserschlauch, öffnete den Hahn und versuchte, mit einem gezielten Strahl die Flammen zu löschen. Doch als das Wasser die brennende Pfanne traf, schoss explosionsartig eine meterhohe Wolke aus Feuer und Rauch in die Luft. Triumphierend stellte er das Wasser ab. »Seht ihr, damit macht man es noch schlimmer. Brennendes Fett kann man nur mit speziellem Schaum oder mit einer Löschdecke bekämpfen. Zugesehen: man wirft ganz einfach eine spezielle Decke über das Feuer und die Flammen werden erstickt. Verstanden? Das Ganze werde ich euch jetzt im Schulungsraum noch in der Theorie erklären. Mitkommen!«

Genervt folgten ihm die drei ??? in einen großen Raum im ersten Stock des Gebäudes. Bob betrachtete die langen Stuhlreihen. »Sag ich doch:

Schule. Am Ende schreiben wir noch eine Klassenarbeit.«

Doch dazu kam es nicht mehr, denn in diesem Moment ertönte eine schrille Alarmsirene.

Großeinsatz

Randy Blomburts Augen leuchteten auf. »Das ist ein Einsatz. Schnell! Folgt mir!« Aus allen anderen Zimmern kamen jetzt Feuerwehrleute angerannt. Gordon Flanders gab lautstark Kommandos. »Beeilung! Es wurde Großalarm ausgelöst. Wir rücken mit der gesamten Mannschaft aus! Vorwärts, wir müssen zum Marktplatz!«

»Es brennt auf dem Marktplatz von Rocky Beach?«, wiederholte Peter ungläubig. Randy Blomburt schob ihn vor sich her. »Jetzt heißt es handeln und keine Fragen stellen. Ihr habt doch gehört, die gesamte Mannschaft wird gebraucht. Los, mir hinterher!«

Doch der Weg führte nicht zur Treppe. Am Ende des Flures ragte eine lange Stange aus einem großen Loch im Fußboden. Ein Feuerwehrmann nach dem anderen packte die Stange, umschlang sie mit den Beinen und ließ sich hinuntergleiten. Justus strahlte. »Das wollte ich schon immer mal machen.« Einen

Augenblick später war er durch das Loch verschwunden. Ihm folgten Peter und am Schluss Bob.

In der großen Halle waren die meisten Männer schon in ihre Uniformen gesprungen. Gordon Flanders saß im ersten Löschzug. »Abfahrt! Blomburt, Sie nehmen den Jeep. Passen Sie auf die Jungs auf!«

»Jawohl, Sir!«, brüllte dieser gegen die lauten Sirenen an. Sekunden danach saßen die drei ??? auf der Rückbank und rückten ihre Helme zurecht. Peter konnte es kaum fassen. »Wahnsinn, erst den zweiten Tag bei der Feuerwehr und schon mitten im Großeinsatz.«

Randy Blomburt startete den Wagen und hatte schnell die vier großen Löschfahrzeuge eingeholt. Als sie nach wenigen Minuten die Stadt erreichten, schaltete er stolz das Blaulicht auf dem Wagendach ein. Alle anderen Autos machten Platz und Fußgänger sprangen erschrocken zur Seite.

»Weg da! Alle weg! Großeinsatz!« Randy Blomburt zitterte fast vor Aufregung. »Jetzt geht's los. Die halbe Stadt muss brennen. Vielleicht sogar das Rathaus.«

Schließlich erreichten sie den Marktplatz und konnten kaum glauben, was sie dort erblickten.

»Ich werd verrückt«, staunte Justus. »Der Brunnen brennt.«

Der Brunnen befand sich mitten auf dem großen Platz der Kleinstadt. Er war eines der Wahrzeichen von Rocky Beach. Dort, wo sonst Wasser aus einer Bronzestatue sprudelte, schossen jetzt Flammen empor. Die Statue zeigte ausgerechnet den mutigen Feuerwehrmann Fred Fireman, der die Stadt heldenhaft vor einem verheerenden Brand bewahrt hatte.

Bob stand der Mund offen. »Ich verstehe das nicht. Wie kann Wasser anfangen zu brennen?« Aber für Fragen war jetzt keine Zeit. Randy Blomburt scheuchte sie aus dem Jeep und drückte Bob eine große Rolle Flatterband in die Hand. »Hier, wickelt das ab und sichert damit den Platz! Es dürfen keine Schaulustigen in die Nähe des Brandherdes kommen.« Ratlos betrachtete Bob das rote Flatterband. Doch Peter wusste, was zu tun war. Entschlossen packte er die Rolle, knotete das Ende des Plastikbands an einen Laternenpfahl und rannte schnell zum nächsten.

Randy Blomburt war zum ersten Mal zufrieden. »Sehr gut. Endlich versteht mal einer, was ich meine. Los, ihr beiden, helft ihm und jagt die Leute weg!« Jetzt stellten sich auch Justus und Bob hinter die Flatterband-Absperrung und hielten die Schaulustigen zurück. Immer mehr Menschen strömten auf den Platz.

»Weitergehen!«, rief Peter, so laut er konnte. »Gehen Sie bitte weiter! Hier gibt es absolut nichts zu sehen.« Doch anscheinend machte dies die Menschen noch neugieriger.

Hinter ihm rollten die Feuerwehrleute Schläuche aus und brachten sich um den Brunnen herum in Position. Gordon Flanders kommandierte seine Männer durchs Megafon. »Zug eins startet mit dem Löschschaum. Die zweite Mannschaft hält sich bereit.« Sekunden später schoss aus einem dicken Schlauch ein weißer Schaumregen und legte sich wie ein Teppich über die Flammen. Schon nach wenigen Augenblicken war das Feuer erloschen

und Gordon Flanders näherte sich vorsichtig dem Brunnen. Die Luft war erfüllt von beißendem Benzingeruch. Jetzt wagten sich auch die drei ??? dichter heran. Zwischen den Feuerwehrmännern erkannten sie Kommissar Reynolds. »Was ist das denn für eine Sauerei, Mister Flanders?«, rief er aufgebracht.

»Ich weiß es nicht, Kommissar. Da muss jemand Benzin in den Brunnen gegossen haben und anschließend hat er das Ganze angezündet. Unglaublich.«

»Verstehe ich nicht. Der Brunnen ist doch mit Wasser gefüllt. Wie kann es dann brennen?«

»Das liegt daran, dass Benzin leichter ist als Wasser und oben schwimmt. Auf diese Weise kann scheinbar auch Wasser brennen. Wir müssen jetzt alles abpumpen. Ein Funke genügt und das Benzin fängt wieder Feuer.«

Es dauerte eine Stunde, bis der Brunnen leer gepumpt war. Dann durften auch Justus, Peter und Bob ganz dicht heran. Gordon Flanders wischte mit dem Ärmel seinen goldenen Helm sauber. »Das ist das Verrückteste, was ich je erlebt habe. Der Feuerteufel hat wieder zugeschlagen. Jetzt lässt sich die Geschichte nicht mehr verheimlichen.«

Justus knetete mit Daumen und Zeigefinger seine Unterlippe. »Glauben Sie denn, dass es immer derselbe war?«

»Na sicher. Hier in der Stadt muss es irgendwo einen Spinner geben. Ich möchte mal wissen, was er damit bezweckt.« Währenddessen schoss ein

Reporter ununterbrochen Fotos. Auch Kommissar Reynolds war ratlos. »Ich bin froh, wenn wir den Kerl haben. Ich kann nur hoffen, dass er irgendwann einen Fehler macht.«

Inzwischen hatten die Feuerwehrleute damit begonnen, die Gerätschaften wieder einzuräumen. Randy Blomburt rollte das Flatterband auf. »Das war mal ein richtiges Feuerchen. Los, Jungs! Steht nicht so rum und helft mir!«

Aber die drei ließen es sich nicht nehmen, noch einen Blick in den Brunnen zu werfen. Eine schwarze Rußschicht bedeckte die Bronzestatue von Fred Fireman. Das Wasserbecken war bis auf den Boden leer gepumpt. Blechdosen und leere Flaschen, die im Laufe der Zeit in den Brunnen geworfen worden waren, lagen durcheinander. Da fiel Justus plötzlich eine dünne rötliche Eisenröhre auf. Sie war etwa so lang wie eine Flasche und lag halb bedeckt von Ruß und Löschschaum auf dem Brunnenboden. Er versuchte, nach ihr zu greifen, und beugte sich über den gemauerten Brunnenrand. Doch die Steine waren vom Feuer immer noch sehr heiß und Justus wich zurück.

»Was hast du denn vor?«, fragte Peter verwundert.

»Ich weiß nicht. Seht ihr dieses komische Ding da? Das würde ich mir zu gern einmal aus der Nähe ansehen.«

Flaschenpost

Auch Bob hatte die sonderbare Röhre entdeckt. »Wartet, ich besorge eine Schaufel. So etwas hat die Feuerwehr bestimmt immer dabei.« Kurz darauf kehrte er mit einer langen Schaufel zurück und versuchte, damit die Röhre zu erreichen.

»Pass auf, dass du nicht an die Steine kommst. Die sind noch total heiß«, warnte ihn Justus. Doch schon beim ersten Versuch hatte Bob die Röhre aufgefischt und legte sie vorsichtig auf dem Brunnenrand ab. Staunend betrachtete Peter das Fundstück. »Komisch, an dem Ding ist oben eine Art Schraubverschluss. Ich wette, da steckt was drin.« Entschlossen schob er den Ärmel seines Overalls über die Hand und packte dann die Röhre. Sie war inzwischen etwas abgekühlt. Mit der anderen Hand drehte er am Schraubverschluss, der sich mühelos öffnen ließ. Peter warf neugierig einen Blick ins Innere. »Irre, da steckt ein Zettel drin. Wie in einer Flaschenpost.«

Plötzlich stand Kommissar Reynolds hinter ihnen. »Ah, ich sehe, meine neugierige Spezialeinheit ist schon dabei, den seltsamen Brand zu untersuchen. Hätte ich mir ja denken können. Was habt ihr denn da gefunden?« Verwundert betrachtete er die Röhre. Die drei berichteten aufgeregt von dem Fund und ihren Untersuchungen im Fall ›Feuerteufel‹.

»Erstaunlich. Ganz erstaunlich. Auf meine Spezialeinheit ist wie immer Verlass. Ich schlage vor, wir bringen die Röhre in mein Büro und untersuchen sie dort in aller Ruhe.«

Das Polizeirevier lag direkt am Marktplatz. Eilig folgten sie dem Kommissar und waren froh, dass Randy Blomburt immer noch mit dem Flatterband beschäftigt war.

»Dem möchte ich jetzt nicht in die Arme laufen«, flüsterte Bob.

Im Büro von Kommissar Reynolds herrschte ein heilloses Durcheinander. Der Schreibtisch war übersät mit Akten und Stapeln von Papieren.

»Ihr müsst entschuldigen«, versuchte er sich herauszureden. »Im Moment ist jede Menge los in

Rocky Beach. Sonst sieht es bei mir nicht so aus.« Doch die drei ??? waren nicht das erste Mal in seinem Büro und wussten, dass es sonst noch schlimmer aussah. Der Kommissar schob einige Aktenberge zur Seite und verschaffte sich so etwas Platz auf dem Schreibtisch. »So, dann wollen wir die geheimnisvolle Röhre mal untersuchen. Ich hoffe, sie bringt uns im Fall Feuerteufel ein Stück weiter. Bisher haben wir nämlich noch keinen einzigen Anhaltspunkt.« Anschließend fummelte er das zusammengerollte Papier aus der Eisenröhre. Vorsichtig faltete er den feuchten Zettel auseinander. Die drei ??? beugten sich gebannt über den Schreibtisch und der Kommissar las laut vor. »Also hier steht: ›Der Feuerteufel hat wieder zugeschlagen. Wenn verhindert werden soll, dass ganz Rocky Beach in Flammen aufgeht, müssen meine Forderungen erfüllt werden. Ich verlange fünftausend Dollar aus der Stadtkasse in kleinen Scheinen. So soll die Geldübergabe erfolgen: Rollen Sie das Geld in eine *Rocky Beach Today*. Werfen Sie dann die Zeitung noch heute um Punkt zwölf Uhr in den Mülleimer vor der Santa-Anna-

Kirche in der Church Street. Und ich warne Sie: Keine Polizei und keine Presse!‹«

Fassungslos nahm der Kommissar die Brille ab. »Unglaublich. Zum ersten Mal in der Geschichte der Stadt wird Rocky Beach erpresst. Was sind das für Zeiten?«

»Und was machen Sie jetzt?«, fragte Peter ratlos. »Gehen Sie auf die Forderungen ein?«

»Natürlich. Es scheint sich um einen Anfänger zu handeln. Wir deponieren die Zeitung in dem Mülleimer und legen uns auf die Lauer. Irgendwann muss er das Geld ja holen und dann schnappen wir ihn uns.« Bob sah ihn mit großen Augen an. »Sie wollen tatsächlich fünftausend Dollar in den Mülleimer schmeißen?«

»Natürlich nicht. Wir nehmen Papierschnipsel und stellen dem Erpresser eine Falle. So, und jetzt muss ich meine Leute zusammentrommeln. Die Sache muss bis ins letzte Detail geplant werden. Ihr könnt leider nicht dabei sein. Habt erst einmal vielen Dank. Und bitte: für die ganze Sache herrscht Geheimhaltungsstufe eins. Also, zu keinem ein Wort!«

Kurz darauf standen sie wieder auf dem Marktplatz. Die Einsatzfahrzeuge waren bereits abgezogen und nur noch der verrußte Fred Fireman erinnerte an den Brand. Auch der Jeep von Randy Blomburt war verschwunden.

»Der wird ganz schön sauer auf uns sein«, vermutete Peter. Justus war mit seinen Gedanken schon ganz woanders. »Ach was. Wir sagen einfach, uns sei von dem Qualm schlecht geworden und wir mussten nach Hause. Mich beschäftigt im Moment viel mehr die Geschichte mit dem Erpresser.«

»Wieso? Das ist doch jetzt Sache der Polizei.«

»Ja, ich weiß. Aber irgendwie passt das alles nicht zusammen. Erst hat unser Feuerteufel keine einzige Spur hinterlassen und jetzt stellt er sich so dumm an. Der muss doch ahnen, dass die Polizei den Mülleimer die ganze Zeit nicht aus den Augen lässt.«

Immer noch standen Passanten um den Brunnen herum und diskutierten aufgeregt. Bob erkannte auch Onkel Titus in der Menge. »He, da ist dein Onkel. Schade, dass wir ihm die Sache mit der Röhre nicht erzählen können.«

Auch Onkel Titus hatte sie jetzt bemerkt und kam auf sie zu. »Hallo, ihr drei! Das sind ja verrückte Geschichten, die in der Stadt vor sich gehen. Das erinnert mich fast an die Sache, als ich diesen Einsatz hatte. Ich weiß gar nicht, ob ich's schon erzählt habe, aber es war damals ...«

»... ein verdammt heißer Tag«, fuhr Justus grinsend fort und wechselte dann schnell das Thema. »Bist du nur zufällig in der Stadt?«

»Nein, ich muss ins Büro von Mister Corps. Ihr wisst doch, der von der Feuerversicherung. Den Schaden am Schuppen sollen die nämlich bezahlen. Kommt ihr mit? Das Büro ist gleich um die Ecke.« Justus war einverstanden. »Okay, unser Ausbilder bei der Feuerwehr hat uns sowieso für den Rest des Tages freigegeben.« Die kleine Lüge brachte Justus hervor, ohne rot zu werden.

Das Büro lag im ersten Stock eines neuen Gebäudes. Mister Corps begrüßte sie freundlich und bot allen Tee an. »Sind das nicht schreckliche Zeiten, Mister Jonas?«, begann er. »Sie können von Glück sagen, dass Sie bei uns eine Feuerversicherung abgeschlossen haben. Nicht alle Bürger denken so weit wie Sie. Doch ein Gutes hat dieser Feuerteufel: Viele Bürger schließen jetzt eine Feuerversicherung ab. Alles andere wäre auch unverantwortlich. Doch nun zu Ihrem Fall. Der Schaden am Schuppen wird natürlich schnell und großzügig geregelt. Meine

Frau, Emilie, müsste schon alles vorbereitet haben. Sie kümmert sich um den ganzen Schriftkram.« Dann rief er in eine Sprechanlage. »Emilie? Hast du die Sache Jonas schon bearbeitet?«

Aus dem Nebenzimmer kam eine gut gekleidete Dame und legte eine Akte vor ihren Mann auf den Tisch. »Ah, guten Tag. Sie müssen Mister Jonas

sein, oder? Mein Mann hat mir schon von Ihnen berichtet. Zum Glück haben sich ja Ihre Schätze wiedergefunden. Und das sind Ihre drei süßen Jungs? Möchtet ihr einen Keks? Das ist ja eine richtige Rasselbande.« Onkel Titus schüttelte den Kopf. »Nein, nur einer von ihnen ist ein Jonas. Doch die anderen beiden gehören im Prinzip zur Familie.«

Den Rest des Gespräches saßen die drei nur noch gelangweilt auf ihren Stühlen. Schließlich stand Justus auf. »Onkel Titus, wir gucken noch mal, ob wir der Feuerwehr nicht ein bisschen helfen können. Bald haben wir ja die Prüfung.«

Sein Onkel klopfte ihm stolz auf die Schulter. »Gut so. Mit Leib und Seele Feuerwehrmann. Bis später, ich muss euch dann noch eine Geschichte erzählen.«

Die drei waren froh, endlich wieder draußen zu sein. Bob tat so, als würde er sich die Ohren ausschütteln. »Mann, das war schlimmer als ein Kaffeekränzchen mit meinen Tanten. Was machen wir jetzt, Just?«

»Ich würde sagen, wir sehen uns unauffällig in der Church Street um.«

Geldübergabe

Peter sah seinen Freund erstaunt an. »Moment, du willst doch nicht etwa bei der Geldübergabe dabei sein? Das ist Sache der Polizei. Wer weiß, mit wem wir es da zu tun haben.«

»Mann, ich will mich ja auch nicht direkt neben den Mülleimer stellen. Einfach nur die ganze Sache aus sicherer Entfernung beobachten. Ich habe nämlich schon eine Idee für ein gutes Versteck.«

»Lass mich raten«, grinste Bob. »Du willst in den Mülleimer krabbeln.«

»Quatsch. Wir gehen auf den Glockenturm der Santa-Anna-Kirche. Pastor Miller hat bestimmt nichts dagegen. Der kennt uns gut. Von dort aus haben wir den besten Überblick. Und wenn drei Kinder in der Kirche verschwinden, schöpft kein Mensch Verdacht.«

Inzwischen standen die drei wieder auf dem Marktplatz. Durch das Fenster der Polizeiwache konnten sie Kommissar Reynolds zusammen mit einigen anderen Polizisten erkennen. Schließlich war auch Peter überzeugt. »Gut, Reynolds hat mit seinen Leuten noch nicht Stellung bezogen. Wenn wir jetzt sofort losgehen, bin ich dabei.«

Zur Santa-Anna-Kirche musste man nur ein paar Minuten laufen. Bob deutete unauffällig auf den Mülleimer unweit des Eingangs. »Seht ihr ihn?«, flüsterte er. »Da wird die Polizei gleich die Zeitung mit der falschen Kohle reinschmeißen.«

Dann öffneten sie die schweren Holztüren der alten Kirche. Pastor Miller saß vor der Orgel und übte. Als er die drei bemerkte, stand er auf und reichte jedem die Hand. »Sagt bloß, ihr steht plötzlich auf Orgelmusik«, grinste er. Pastor Miller kannte die drei schon, als sie noch Babys waren. Justus schüttelte den Kopf. »Nein, wir würden nur gern auf den Glockenturm. Wir müssen in den Ferien einen Aufsatz über Rocky Beach schreiben. Und von oben hat man den besten Überblick.« Er hatte beschlossen, dass diese Notlüge auch in der Kirche erlaubt sein musste.

»Kein Problem«, lachte der Pastor. »Ich freue mich

über jeden Besuch. Ihr wart ja schon mal oben. Passt auf mit den Stufen. Und haltet euch die Ohren zu, wenn die Glocken anfangen zu läuten. Das kann ganz schön laut werden.«

Kurz darauf erklommen die drei ??? die vielen Holzstufen, die zum Glockenturm hinaufführten. Als sie oben ankamen, flatterten einige Tauben erschrocken davon. Vorsichtig streckten die drei ihre Köpfe durch die kleinen Maueröffnungen im Glockenturm. Von

hier aus konnte man bis zum nahen Pazifik blicken. Ein warmer Wind wehte ihnen entgegen.

»Perfekt«, strahlte Justus. »Ich habe alles im Blick. Den Mülleimer und die halbe Stadt. Jetzt müssen wir nur noch Geduld haben.«

Doch lange brauchten die drei nicht zu warten. Schon nach wenigen Minuten entdeckten sie einige Männer, die sich auf der gegenüberliegenden Seite zwischen den Büschen versteckten. Peter erkannte einige von ihnen. »Seht ihr das? Da sind die Leute von Reynolds. Und da! Ja, dort ist auch der Kommissar.«

Kommissar Reynolds marschierte in normaler Kleidung die Church Street herunter und ging zielstrebig auf den Mülleimer zu. Bob blinzelte durch seine Brille. »Da! In der Hand hält er eine *Rocky Beach Today*! Der schmeißt die Zeitung höchstpersönlich in den Mülleimer.« Der Kommissar blickte sich prüfend um. Dann legte er mit großer Geste die Zeitung in den Mülleimer. Anschließend verschwand er so schnell, wie er gekommen war. Von den anderen Polizisten war jetzt nichts mehr zu sehen. Minuten vergingen, doch nichts geschah.

»Und wenn der Erpresser die Falle riecht?«, flüsterte Peter. Justus ließ den Blick nicht vom Mülleimer. »Abwarten.«

Plötzlich begann es hinter ihnen im Glockenhaus merkwürdig zu surren und zu knacken. Bob ahnte, was gleich geschehen würde. »Oh nein. Das ist die Mechanik für die Kirchturmglocke. Schnell! Steckt euch die Finger in die Ohren.«

Es war genau zwölf Uhr Mittag und mit lauten Schlägen donnerte eine Art Hammer gegen die große Glocke. Alle drei hielten sich die Ohren zu und zählten mit. Beim zwölften Schlag atmete Bob erleichtert auf. »Mann, ich dachte schon, meine Brille zerplatzt bei dem Krach.«

In diesem Moment machte Justus eine Entdeckung. »Achtung! Da vorne kommt einer.« Gleichzeitig zogen sie die Köpfe ein und spähten vorsichtig durch die Maueröffnungen. Von der anderen Seite der Church Street kam ein Jogger angelaufen.

»Verdächtig«, flüsterte Peter. »Ein Jogger, mitten in der größten Mittagshitze.« Der Mann trug eine dunkle Sonnenbrille und sah sich beim Laufen immer wieder nervös um. Kurz vor dem Mülleimer blieb er stehen und knotete an seinen Schnürsenkeln herum. Dabei hob er den Kopf und blickte für einen kurzen Moment direkt zum Glockenturm hoch. Doch anscheinend hatte er die drei nicht bemerkt. Zielstrebig griff er in den Mülleimer, zog eine Zeitung heraus und rannte davon. Von nun an ging alles sehr schnell. Aus den Büschen sprangen gleichzeitig drei Beamte und jagten dem Mann hinterher.

»Stehen bleiben!«, brüllte einer der Polizisten und zog seine Waffe. »Stehen bleiben! Polizei!«

Aber der verdächtige Mann schien sich nicht darum zu kümmern und rannte noch schneller.

Bob stockte der Atem. »Verrückt! Das ist ja wie im Krimi. Habt ihr gesehen, wie der Typ sich die Zeitung geschnappt hat und abgehauen ist? Just, sag doch mal was!« Justus knetete nervös seine Unterlippe. »Ich weiß nicht. Die haben den doch gleich. Kann ein Erpresser wirklich so blöd sein? Bob, du hast doch vorhin gesehen, was für eine Zeitung Reynolds in den Eimer geschmissen hat, oder?«

»Ja, eine *Rocky Beach Today*. Die hat auf der

Titelseite diesen fetten roten Balken. Moment, warte! Jetzt weiß ich, was du meinst. Die Zeitung, die der sich eben gegriffen hat, war keine *Rocky Beach Today*. Ich ahne etwas.«

Sie lagen mit ihrer Vermutung richtig, denn jetzt kam plötzlich ein zweiter Mann mit einer blauen Baseballkappe auf den Mülleimer zugerannt. Justus ballte die Faust. »Na klar! Das war der Plan. Der Erste hat eine ganz andere Zeitung aus dem Eimer geholt. Er sollte die Polizei nur ablenken. Die können ihm natürlich nichts nachweisen. Der hier holt sich die richtige Zeitung mit dem falschen Geld. Jetzt, wenn alle Polizisten dem anderen hinterherlaufen.«

Peter kaute aufgeregt an seinen Fingernägeln. »Und was machen wir jetzt? Wir können doch nicht einfach zusehen?« Bob hielt es nicht mehr aus und beugte sich aus der Maueröffnung. »Stehen bleiben!«, brüllte er so laut er konnte. »Kommissar Reynolds! Hören Sie mich? Sie verfolgen den Falschen!« Peter und Justus gaben sich einen Ruck und brüllten mit.

Ihre Rufe schienen zu wirken. Verblüfft drehte sich der Mann mit der Baseballkappe um und blieb kurz stehen. Auch die Polizisten schienen die Rufe gehört zu haben, denn zwei der Beamten rannten die Church Street wieder zurück. Die drei ??? lehnten sich, so weit sie konnten, aus den Maueröffnungen, wedelten mit den Armen und schrien alle gleichzeitig.

Wütend schmiss der zweite Mann die Zeitung weg und wollte fliehen. Doch in diesem Moment kam ein Polizeiwagen angerast und stellte sich ihm in den Weg. Der Rest war Routine für die Polizisten. Beide Männer wurden in Handschellen abgeführt.

Pressekonferenz

Eine halbe Stunde später saßen die drei ??? wieder bei Kommissar Reynolds im Büro. »Tja, ich weiß gar nicht, was ich mit euch machen soll«, begann der Kommissar. »Auf der einen Seite müsste ich euch ausschimpfen, weil ihr euch in solche Gefahr begeben habt. Andererseits wären die Feuerteufel ohne euch auf und davon. So dumm war der Plan der Erpresser dann doch nicht. Es sind zwei arbeitslose Brüder. Sie haben eben alles gestanden. Sie waren es, die den Brunnen in Brand steckten. Vorher haben sie die Röhre mit dem Erpresserschreiben ins Wasser geschmissen. Wie gesagt, der eine sollte uns nur ablenken. Die wussten natürlich, dass wir ihn schnappen würden. Doch mit der falschen Zeitung hätten wir ihm nichts nachweisen können. Nun sitzen sie in der Zelle. Tja, der Fall Feuerteufel ist damit wohl ein für alle Mal erledigt. Dafür muss ich euch danken.«

Justus war immer noch nicht ganz zufrieden.

»Haben die auch die anderen Brandstiftungen zugegeben? Das Feuer bei Onkel Titus und im Sägewerk?«

»Das leugnen sie noch. Aber keine Sorge. Noch heute werden sie dem Haftrichter vorgeführt und dort garantiert mit der ganzen Wahrheit rausrücken.«

»Das wäre was«, murmelte Justus. »Die ganze Wahrheit.«

Die Ereignisse hatten sich in Rocky Beach schnell herumgesprochen. Als die drei ??? die Polizeiwache wieder verließen, wurden sie von neugierigen Bürgern der kleinen Stadt umringt und standen plötzlich mitten in einer Traube von Menschen. Ein Reporter stellte ihnen unaufhörlich Fragen über die Geschichte und machte Fotos.

»Haben Sie auch die ganzen anderen Berichte geschrieben?«, fragte ihn Bob.

»Ja, hab ich«, antwortete der Reporter stolz. »Solche Storys lasse ich mir natürlich nicht entgehen.«

Auch Mister Corps und seine Frau standen in der Menge. »Glückwunsch, Kinder!«, rief ihnen der

Mann von der Versicherung entgegen. »Die Stadt sollte euch einen Orden verleihen.«

Plötzlich wurde Peter von hinten an der Schulter gepackt und zuckte erschrocken zusammen. Es war Randy Blomburt. Doch wider Erwarten hielt er den dreien keine Standpauke, sondern reichte ihnen anerkennend die Hand. »Respekt, meine Herren. Ich habe mich schon gewundert, wo ihr bleibt. Nun verstehe ich. Ihr wart in geheimer Mission unterwegs. Na ja, bei meiner Ausbildung eigentlich kein Wunder.«

Jetzt löcherte der Reporter die drei wieder mit Fragen. »Wie fühlt man sich, wenn man dazu beigetragen hat, dass eine Serie von Brandstiftungen endlich aufgeklärt wurde?«

Justus holte tief Luft. »Ich bin mir nicht so sicher, ob der Fall wirklich geklärt ist. Es gibt noch einige Ungereimtheiten. Wir bleiben an der Sache dran. Mehr möchte ich dazu im Moment nicht sagen.«

Für einen kurzen Moment blickten alle verwundert auf Justus. Auch Peter und Bob begriffen nicht, was plötzlich in ihren Freund gefahren war.

»Sag mal, Just«, begann Bob, als alle weg waren. »Was hast du denn da eben für einen Blödsinn erzählt? Die müssen denken, du bist verrückt geworden. Die Feuerteufel sitzen hinter Gittern – der Fall ist gelöst.«

Wieder knetete Justus seine Unterlippe. »Schön wär's ... Ich würde die ganze Sache gerne in der Kaffeekanne noch mal in Ruhe durchgehen. Kommt ihr mit? Blomburt bringt uns bestimmt wieder zurück zu den Rädern. Er wartet dahinten auf uns.«

Seine beiden Freunde waren einverstanden.

Während der Fahrt im Jeep hörte Randy Blomburt nicht mehr auf, sie zu loben. »Ich sage nur: meine Schüler! Ja, das nenne ich eine gute Ausbildung. Brandbekämpfung mit Herz und Hirn. Ihr werdet hervorragende Zeugnisse von mir erhalten. Wisst ihr eigentlich, dass unsere Feuerwehr morgen ihr hundertjähriges Bestehen feiert? Da gibt es Grillwürstchen, Saft, Bier, Tanz und Feuerwerk. Alle, die wollen, dürfen sogar einmal mit auf die große ausfahrbare Leiter.« Peter wurde bei dem Gedanken daran ganz schwindelig.

Kurz darauf erreichten sie die Feuerwache, zogen die Overalls aus und gingen zu ihren Fahrrädern.

»Wir sehen uns dann morgen auf dem Fest«, rief ihnen Randy Blomburt hinterher. »Der Unterricht fällt natürlich aus.«

»Das ist nicht der einzige Tag, an dem dein Unterricht für mich ausfällt«, murmelte Bob. »Wir haben Ferien.«

Sie fuhren die Küstenstraße nach Süden entlang. Die Hitze flimmerte über dem glühenden Asphalt. Justus lief der Schweiß von der Stirn. Immer wieder blickte er sich um. Ihn beschlich ein seltsames Gefühl – so als würde ihnen jemand folgen.

Schließlich bogen sie in einen schmalen, holprigen Weg ein. Er war zugewuchert und daher von der Straße aus kaum einsehbar. Kurze Zeit später standen sie vor der Kaffeekanne – einem ehemaligen Wassertank für alte Dampflokomotiven.

Mit dem seitlichen Füllrohr sah er aus wie eine Kaffeekanne. Die rostigen Schienen daneben konnte man noch erkennen. Jetzt diente der Tank den drei ??? als Geheimversteck und Detektivzentrale.

»Dann mal rein in die gute Stube«, lachte Bob und stellte sein Rad ab. Unter dem Tank führten einige Stufen ins Innere. Noch nie hatte ein Fremder ihr Versteck betreten. Mit Schwung öffnete Bob eine Klappe und kletterte in die Kaffeekanne. Kurz darauf hockten sie alle nebeneinander um eine alte Apfelsinenkiste herum. Peter fand eine angebrochene Packung trockener Kekse. »So, Just. Nun erzähl mal, was dich an der Sache so stört!«

»Okay. Was ist eigentlich alles passiert? Da gibt es diese Serie von Brandanschlägen. Unter anderem hat es Onkel Titus erwischt. Aber seltsamerweise hat der Täter vorher seinen Lieblingsschrott aus dem Schuppen geholt. Würden das unsere beiden Erpresser machen? Es könnte denen doch egal sein, wenn das ganze Zeug verbrennt. Den Brand im Sägewerk muss der gleiche Täter gelegt haben. Aber jetzt kommt es: Bei jedem Feuer hat der Brandstifter zuvor die Feuerwehr angerufen – wisst ihr noch? Nur beim Brand im Brunnen hat er es nicht getan. Ich werde das Gefühl nicht los, dass wir es mit Trittbrettfahrern zu tun haben.«

»Trittbrettfahrer?«, wiederholte Peter verständnislos.

»Ja. Vielleicht haben die beiden Brüder von den ganzen Bränden in der Zeitung gelesen und sind dann erst auf die Idee mit der Erpressung gekommen. So etwas kommt öfters vor.«

Bob wischte sich seine Brille sauber. »Wäre auf jeden Fall gar nicht so dumm von denen. Die beiden mussten sich nicht mal die Hände schmutzig machen – das hat ja der Feuerteufel für sie schon erledigt. Aber selbst, wenn es so wäre, Just. Wie willst du das beweisen?«

»Keine Ahnung. Wir sollten in jedem Fall die Augen offen halten.«

Feierabend

Die drei ??? sprachen noch lange über den seltsamen Fall und entwickelten immer wieder neue Theorien. Erst als Justus' Magen anfing, lautstark zu knurren, hörten sie damit auf. Sie hatten den ganzen Tag kaum etwas gegessen.

Peter warf einen Blick aus der Kaffeekanne. »Mann, die Sonne geht bald unter. Ich muss schnell nach Hause, sonst gibt's Ärger. Ich schlage vor, wir treffen uns morgen nach dem Mittagessen wieder hier und fahren dann zusammen zum Feuerwehrfest.« Die anderen beiden waren einverstanden und nacheinander kletterten sie die rostige Eisenleiter hinunter.

Als Justus auf sein Fahrrad stieg, beschlich ihn wieder das Gefühl, als würde sie jemand beobachten. Vom Pazifik her wehte eine frische Brise über das Land.

Bei Tante Mathilda gab es eins seiner Lieblingsessen: Spaghetti mit Tomatensoße. Natürlich hatte auch Onkel Titus die Ereignisse des Tages mitbekommen. »Das ist schon eine verrückte Geschichte«, begann er. »Da legen diese Brüder einen Brand nach dem anderen, nur um fünftausend Dollar zu erpressen. Ich bin froh, dass man sie endlich geschnappt hat. Am liebsten würde ich mir die selbst vorknöpfen und fragen, was das mit meinem Schuppen sollte. Wenn ihr mich fragt, dann müssen die beiden zu lange in der Sonne gestanden haben. Die ticken doch nicht mehr richtig hier oben.«

Tante Mathilda beschäftigten ganz andere Dinge. »Natürlich bin ich auch froh, dass die Feuerteufel endlich hinter Schloss und Riegel sitzen. Aber wie konntet ihr euch in solche Gefahr bringen? Wieso wart ihr bei der Geldübergabe auf dem Kirchturm?«

Justus hatte keine andere Wahl und erzählte die ganze Wahrheit. Tante Mathilda schüttelte entsetzt den Kopf. Zum Glück kam ihm Onkel Titus zu Hilfe. »Na ja, in große Gefahr haben sie sich ja nicht gebracht. Wenn es einen sicheren Ort in Rocky Beach gibt, dann bei Pastor Miller im Glockenturm.

Ich hätte es wahrscheinlich genauso gemacht. Das erinnert mich an die Geschichte damals, bei dem großen Feuer. Heiß war es an diesem Tag. So heiß, dass meine Feuerwehrkameraden und ich …« Justus grinste und versuchte schnell, das Gespräch auf ein anderes Thema zu lenken. »Tante Mathilda, geht ihr morgen eigentlich auch auf das Feuerwehrfest?«

»Aber natürlich. Ich habe dafür extra sechs Kirschtorten gebacken. Die werden für einen guten Zweck verkauft. Am Abend soll ja auch noch getanzt werden. Wartet, ich zeige euch meinen neuen Hut. Für so eine Feier muss man sich natürlich festlich kleiden. Und du, Titus, du tanzt diesmal auch mit! Verstanden?«

Onkel Titus holte tief Luft und griff sich mit schmerzverzerrtem Gesicht an sein Bein. »Ich würde ja gern, aber ich habe mir heute irgendwas hier verrenkt und …«

»Nichts da! Keine Ausreden! Ich glaube dir kein Wort. Nicht weglaufen, ich bin gleich mit dem Hut zurück.« Wenig später stand sie mit einem riesigen

Gebilde auf dem Kopf in der Verandatür. »Und, wie findet ihr den?«, strahlte sie. Stolz machte sie einen Schritt vorwärts und nahm damenhaft einen Schluck Tee. »Na, Titus, da bleibt dir die Sprache weg, oder?« Doch in diesem Moment berührte der Hut die brennende Petroleumlampe, die über der Veranda hing, und fing Feuer. Ohne zu zögern, sprang Onkel Titus auf, griff sich die Teetasse seiner Frau und schüttete ihr alles über den Kopf.

»Titus! Bist du verrückt geworden?«, schrie sie wütend. Doch als sie merkte, was geschehen war, setzte sie sich erleichtert auf einen der Stühle. »Was für ein Tag. Jetzt glaube ich wirklich, dass du mal bei der freiwilligen Feuerwehr warst. Den

Hut bekomme ich bis morgen zum Glück wieder hin. Ich gehe jetzt ins Bett. Von Flammen und Feuerteufeln habe ich erst mal genug. Gute Nacht.«

Am nächsten Tag begann Justus mit seinem Onkel, den Schuppen wieder aufzubauen. Nach dem Mittagessen verabschiedete er sich. »Ich treffe mich mit Peter und Bob. Blomburt hat bestimmt auch einige Aufgaben für uns auf dem Fest. Wir sehen uns dann dort.«

Tante Mathilda winkte ihm aus dem Küchenfenster hinterher. Auf der Veranda stapelten sich sechs gut verpackte Kirschtorten.

Fast gleichzeitig trafen die drei ??? bei der Kaffeekanne ein. Peter stieg als Erster die Sprossen hinauf und öffnete die Klappe unter dem ehemaligen Wassertank. Ihm folgten seine beiden Freunde. Plötzlich machte er eine schreckliche Entdeckung. »Was ist das denn?«, platzte es aus Peter heraus. »Seht ihr die Kerze auf dem Tisch?« Für ein paar Sekunden schwiegen sie und starrten entsetzt auf die umgedrehte Apfelsinenkiste. Mitten darauf stand eine lange weiße Kerze. Sie war erloschen und ringsherum hatte jemand trockenes Gras und Zeitungspapier angehäuft. Justus fand als Erster die Worte wieder. »Wisst ihr, was das bedeutet? Das war ein Brandanschlag auf unsere Kaffeekanne!«

Wasser marsch!

Peter war fassungslos. »Bist du sicher?«

»Ja, seht euch das doch an! Die Kerze sollte langsam abbrennen und dann ganz am Ende das Papier anzünden. Die Kaffeekanne wäre in Rauch und Flammen aufgegangen.«

»Aber die Kerze ist doch aus«, wunderte sich Peter.

Auch darauf hatte Justus eine Antwort. »Es ist gestern Abend ganz schön windig geworden. Ich denke, die Flamme ist einfach ausgepustet worden. Das pfeift hier doch durch alle Ritzen. Ich hatte gestern sowieso das Gefühl, als würden wir verfolgt werden. Irgendjemandem hat es nicht gefallen, dass wir uns in diese Feuerteufel-Geschichte einmischen. Eines beweist es auf jeden Fall: Der richtige Brandstifter läuft noch frei herum. Dies sollte wohl eine Warnung für uns sein.«

Bob begutachtete die Kerze. »Und wer könnte so etwas tun, Just?«

»Wir müssen überlegen. Wer in Rocky Beach könnte ein Motiv für die Brandanschläge gehabt haben?« Peter nahm einen Zettel und schrieb einige Namen auf. »Also, Mister Corps von der Versicherung zum Beispiel kamen die Brände ganz recht. Er hat doch selbst gesagt, dass plötzlich viele eine Feuerversicherung abschließen.«

»Richtig«, fuhr Bob fort. »Und dann ist da noch dieser Reporter. Der hatte durch den Feuerteufel jeden Tag einen fetten Artikel in der Zeitung. Und er wusste merkwürdigerweise immer als Erster von den Bränden.« Justus knetete seine Unterlippe. »Richtig. Und Randy Blomburt kannst du auch aufschreiben. Es gab schon öfter Feuerwehrmänner, die selbst Brände gelegt haben. Der konnte es doch kaum erwarten, mal bei einem richtigen Feuer dabei zu sein.«

Bob hatte in der Zwischenzeit eine Lupe aus einer der Kisten herausgekramt. »Hier, ich kann an der Kerze Fingerabdrücke erkennen.« Justus und Peter beugten sich zu ihm herüber.

»Ja, das sind sogar ganz hervorragende Fingerabdrücke. Ich hätte nicht gedacht, dass man überhaupt welche auf Wachs hinterlassen kann. Wartet, ich werde sie sichern.«

Schnell hatte Bob das Fingerabdruckpulver hervorgekramt. Mit einem feinen Pinsel betupfte er die Kerze und plötzlich waren die Rillen und Kurven des Fingerabdrucks gut sichtbar. Anschließend nahm er einen Klebefilm, legte ihn behutsam darüber und zog ihn wieder ab. Zum Schluss klebte er den Film mit dem Abdruck auf ein Stück weißes Papier. »So, das war's!«, strahlte Bob. »Diesmal hat unser Unbekannter einen Fehler gemacht. Wer trägt schon Handschuhe, wenn er glaubt, der ganze Tatort wird in Flammen aufgehen.«

Justus klatschte in die Hände. »Auf zum Feuerwehrfest! Den Abdruck nehmen wir mit. Alle unsere Verdächtigen treffen wir dort.«

Voller Tatendrang schwangen sie sich auf die Räder und fuhren, so schnell sie konnten, zur Feuerwache.

Schon von Weitem hörten sie die laute Musik. Das Fest hatte anscheinend bereits begonnen. Als Randy

Blomburt die drei ??? erblickte, rannte er sofort auf sie zu. »Jungs, wo bleibt ihr denn? Wir brauchen heute jeden Mann. Ihr kümmert euch darum, dass alle Gäste genügend Getränke haben. Seht zu, dass die Gläser immer voll sind, sammelt die schmutzigen ein und bringt sie in die Küche. Verstanden?«

»Jawohl, Sir«, riefen alle gleichzeitig. Justus war äußerst zufrieden. »Genial! Was Besseres könnte uns gar nicht passieren. Denn wer Gläser anfasst, der hinterlässt auch Fingerabdrücke. Peter, du und ich werden die Gläser einsammeln. Du, Bob, bleibst in der Küche, sicherst die Fingerabdrücke am Glas und vergleichst sie mit dem von der Kerze.«

»Gut. Ich habe alles dafür mit. Ihr müsst euch nur merken, von wem welches Glas ist. Und versucht, sie so wenig wie möglich selbst anzufassen!«

Anschließend rannten Peter und Justus mit zwei Tabletts los und mischten sich unter die Menge. Die Feuerwehr hatte einiges vorbereitet. Kinder konnten mit einer großen Wasserspritze Plastikmännchen umschießen und alle Erwachsenen durften einmal mit der langen Leiter hoch hinauf fahren. Hinter einem kleinen Tisch stand Tante Mathilda und verkaufte ihre berühmte Kirschtorte.

Peter und Justus hingegen sammelten fleißig leere Gläser ein. »Ich habe ein Glas vom Reporter«, flüsterte Peter und rannte damit sofort zu Bob. Doch der anschließende Vergleich der Fingerabdrücke ergab, dass der Reporter unschuldig war. Justus hingegen erwischte die Gläser von Mister Corps und Randy Blomburt. »So, einer von beiden müsste es sein«, strahlte er. »Bob, hast du schon was entdeckt?«

Doch Bob legte enttäuscht die Lupe nieder. »Nein. Fehlanzeige. Wir sind auf der falschen Spur.«

Peter ballte wütend die Faust. »Das gibt es doch nicht! Just, hast du auch die Gläser nicht vertauscht? Was ist mit diesem hier?«

»Das ist das Glas von Misses Corps. Sie stand direkt neben ihrem Mann.«

Plötzlich strahlten Bobs Augen. »Moment, das könnte hinkommen. Ich muss nur noch schnell mit dem Pulver drübergehen.«

Die Abdrücke waren identisch.

Justus war begeistert. »Das ist es! Sie ist doch diejenige, die sich bei der Versicherung ums Geld kümmert. Jetzt wird mir alles klar: Je mehr Leute Angst vor Feuer haben, desto mehr Versicherungen werden abgeschlossen. Natürlich hatte Misses Corps keine Lust, für große Schäden aufzukommen. Darum hat sie auch vorher die ganzen Sachen bei Onkel Titus aus dem Schuppen geholt. Für die Holzbude muss die Versicherung ja nicht viel rausrücken. Sie wird es auch gewesen sein, die vorher immer die Feuerwehr gewarnt hat. Je schneller die da sind, desto weniger Schaden richtet das Feuer an. Ich glaube, wir haben den Fall gelöst.«

Von draußen ertönte jetzt die Stimme von Gordon Flanders über Lautsprecher. Schnell versteckten die drei die Beweismittel in der Küche und rannten hinaus.

Der Einsatzleiter stand auf einer kleinen Bühne und lobte in hohen Tönen die erfolgreiche Arbeit seiner Männer. Onkel Titus stand auch in der Menge und applaudierte lautstark. Zum Schluss kam Misses Corps auf die Bühne. In der Hand hielt sie einen riesigen Scheck. »Lieber Mister Flanders«, begann sie. »Wir, die führende Feuerversicherung von Rocky Beach, möchten uns mit dieser Spende über dreißig Dollar bei der Feuerwehr bedanken. Dankeschön.« Wieder applaudierten alle.

Plötzlich lief Justus los, erklomm die Bühne und nahm ihr das Mikrofon aus der Hand. Augenblicklich war es still in der Menge. Entschlossen holte Justus Luft. »Ich glaube, Misses Corps, Sie wissen sehr gut, wie man mit dem Feuer spielt.«

»Äh, wie meinst du das denn, mein Junge?«, stotterte sie irritiert.

»Ich meine damit, dass Sie wissen, wie man

Schuppen und Sägewerke anzündet. Mit Benzin zum Beispiel. Mit Kerzen funktioniert das auch sehr gut, oder? Wir haben übrigens Ihre Fingerabdrücke auf der Kerze gefunden. Soll ich noch mehr erzählen?«

Für einen kurzen Moment hob Misses Corps empört die Arme. Doch dann sprang sie plötzlich von der Bühne und versuchte zu fliehen.

»Liebes! Emilie! Was ist denn los?«, rief Mister Corps ihr hinterher. Er hatte anscheinend keine Ahnung von den Machenschaften seiner Frau.

In der Zwischenzeit war Bob blitzschnell zu der großen Wasserspritze gerannt und nahm die flüchtende Frau ins Visier. »Wasser marsch!«, rief er und legte mit Schwung einen Hebel um. Der starke Wasserstrahl erwischte die Frau frontal und sie stürzte zu Boden. »Volltreffer«, strahlte Bob triumphierend.

Nach diesem Tumult wurde die Feier zunächst unterbrochen und Justus musste dem Kommissar und Gordon Flanders die ganze Geschichte erzählen.

Tränenüberströmt und völlig durchnässt gestand Misses Corps schließlich die Brandanschläge.

Daraufhin stellte sich Gordon Flanders wieder auf die Bühne.

»Meine Damen und Herren. Ich glaube, heute ist ein großer Tag für Rocky Beach und auch ein großer Tag für drei junge Feuerwehrmänner. Ohne deren Hilfe würde der Feuerteufel immer noch frei herumlaufen. Und eins kann ich schon jetzt sagen: So schnell hat noch niemand die Prüfung zum Jugendfeuerwehrmann bestanden. Mister Blomburt, überreichen Sie bitte den drei neuen Kollegen die offiziellen Abzeichen. Meinen Glückwunsch, Jungs!«

Unter donnerndem Applaus wurden die drei ??? auf der Bühne geehrt. Als Kommissar Reynolds jedem feierlich die Hand reichte, sprang plötzlich

Onkel Titus mit auf die Bühne und schnappte sich das Mikrofon. »Ja, auch ich bin stolz auf meinen Justus und seine beiden Freunde. Der Beruf zum Feuerwehrmann wird einem in die Wiege gelegt. Auch ich war damals ein kleiner Kerl und bereitete mich auf meinen ersten Einsatz vor. Ich weiß es noch, als wäre es gestern gewesen. Es war ein sehr heißer Tag. Vielleicht sogar der heißeste, den Rocky Beach je erlebt hat ...«

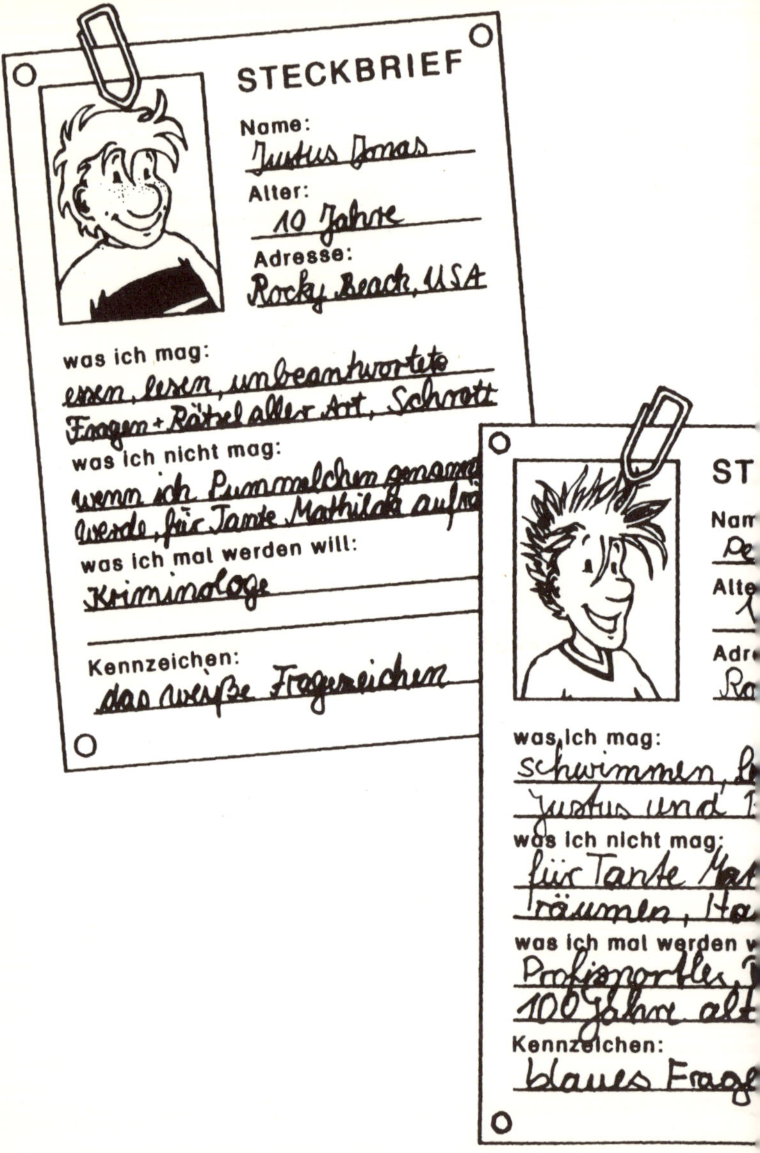
STECKBRIEF
Name:
Justus Jonas
Alter:
10 Jahre
Adresse:
Rocky Beach, USA
was ich mag:
essen, lesen, unbeantwortete
Fragen + Rätsel aller Art, Schrott
was ich nicht mag:
wenn ich Pummelchen
werde, für Tante Mathilda
was ich mal werden will:
Kriminologe
Kennzeichen:
das weiße Fragezeichen
was ich mag:
schwimmen,
Justus und
was ich nicht mag:
für Tante
räumen,
Kennzeichen:

STECKBRIEF
Name:
Bob Andrews
Alter:
10 J.
Adresse:
Rocky Beach
was ich mag:
Musik hören, ins Kino gehen, in Büchereien stöbern, Cola
was ich nicht mag:
für Tante Mathilda aufräumen, Spinnen
was ich mal werden will:
Reporter und Detektiv
Kennzeichen:
Jungs, bitte Schrottplatz aufräumen
Tante Mathilda